세 마리 토끼 잡는 독서 논술

P3

유아~초1

저자: 지에밥 창작연구소_

'지에밥'은 '찐 밥'이라는 뜻을 가진 순우리말로, 감주 · 막걸리 · 인절미 등 각종 음식의 재료를 뜻합니다. '지에밥 창작연구소'는 차지고 윤기 나는 밥을 짓는 어머니의 정성처럼 좋은 내용으로 세상 모든 사람들에게 넉넉하게 쓰일 수 있는 지혜를 선물하고 싶습니다.

이 책을 쓴 지에밥 연구원들_

강영주(지에밥 창작연구소 소장, 빨간펜 논술, 기탄 국어 등 기획 개발), 김경선(동화작가 및 기획 편집자), 김혜란(동화작가, 아동문학가협회 회원), 왕입분(동화작가 및 기획 편집자), 우현옥(동화작가), 이현정(동화작가), 이혜수(기획 편집자), 이현정(동화작가 및 기획 편집자), 정성란(동화작가), 조은정(동화작가 및 기획 편집자), 최성옥(기획 편집자), 한현주(동화작가), 한화주(동화작가), 홍기운(동화작가 및 기획 편집자)

이 책을 감수한 선생님들_

권영민(서울대학교 국어국문학과 교수), 홍준의(서원대학교 과학교육과 교수), 김병구(숙명여자대학교 의사소통센터 교수), 문영진(전북대학교 국어교육과 교수), 조현일(원광대학교 국어교육과 교수), 김건우(대전대학교 국어국문학과 교수), 유호종(서울대학교 철학박사), 구자송(상암고등학교 국어 교사), 김영근(서울과학고등학교 국어 교사), 최영환(여의도고등학교 국어 교사), 구자관(한성과학고등학교 국어 교사), 윤성원(한성과학고등학교 국어 교사), 장원영(세화고등학교 역사 교사), 박영희(대왕중학교 과학 교사), 심선희(서울고등학교 과학 교사), 한문정(숙명여자고등학교 과학 교사)

세 마리 토끼 잡는 독서 논술 P3권

펴낸날 2023년 3월 15일 개정판 제13쇄
지은이 지에밥 창작연구소 | **연구원** 김지연, 조은정, 이자원, 차혜원, 박수희 | **펴낸이** 주민홍 | **펴낸곳** ㈜NE능률 | **디자인** framewalk | **삽화** 김석류(표지, 캐릭터) | **영업** 한기영, 이경구, 박인규, 정철교, 하진수, 김남준, 이우현 | **마케팅** 박혜선, 남경진, 이지원, 김여진 | **주소** 서울특별시 마포구 월드컵북로 396(상암동) 누리꿈스퀘어 비즈니스타워 10층(우편번호 03925) | **전화** (02)2014-7114 | **팩스** (02)3142-0356 | **홈페이지** www.nebooks.co.kr | **출판등록** 제1-68호
ISBN 979-11-253-3074-5 | 979-11-253-3110-0 (set)

펴낸날 2012년 3월 1일 1판 1쇄
기획 개발 지에밥 창작연구소 | **디자인 기획 진행** 고정선 | **디자인** 유정아, 박지인, 이가영, 김지희 | **삽화** 오유선, 안준석, 정현정, 윤은하, 김민석, 윤찬진, 정효빈, 김승민

제조년월 2023년 3월 **제조사명** ㈜NE능률 **제조국** 대한민국 **사용 연령** 유아~8세

〈세 마리 토끼 잡는 독서 논술〉을 펴내며

하루하루 성장하는 내 아이의 모습을 확인하길 바라며

프랑스의 유명한 정신 분석학자이자 철학자인 라캉은 인간이 성장한다는 것은 '상징계'에 편입되는 것이라고 말했습니다. 그가 말한 상징계란 '언어를 매개로 소통하는 체계'를 의미하는데, 우리가 살아가는 세상 혹은 사회가 바로 그것입니다. 결국 한 아이가 태어나서 정신적으로 성장하는 아동기에서 가장 중요한 것은 언어로 소통하는 능력을 키우는 일입니다. 〈세 마리 토끼 잡는 독서 논술〉은 이와 같은 점에 주목하여 기획하고 구성하였습니다.

첫째, 문자 언어를 비롯하여 그림, 도표 등 다양한 상징체계를 이해하는 과정을 통해 통합적인 언어 이해력을 키울 수 있도록 하였습니다.

둘째, 텍스트 이해력뿐만 아니라 추론 능력, 구성(표현) 능력, 비판적 사고 능력 등을 통합적으로 길러서 여러 가지 문제를 해결하는 데 실질적으로 도움이 될 수 있도록 하였습니다.

셋째, 초등 교육과정의 핵심 내용과 밀접하게 연계되도록 설계하였습니다.

부모님보다 더 훌륭한 스승은 없습니다. 〈세 마리 토끼 잡는 독서 논술〉은 부모님 이외의 다른 어떤 선생님도 필요 없습니다. 이 학습 프로그램을 통해서 하루하루 성장하는 내 아이의 모습을 확인하는 기쁨을 누리시길 바랍니다.

교재의 성격

세 마리 토끼 잡는 독서 논술이란?

어떤 책인가요?

하나의 주제와 관련된 다양한 글(동화, 시, 수필, 만화, 논설문, 설명문, 전기문 등)을 읽고 통합 교과적인 문제를 풀면서 감각적 언어 능력(작품의 이해와 감상)과 논리적 이해 능력(비문학의 구조, 추론, 적용 등), 국어 지식(어휘, 문법 등), 사회와 과학 내용 등을 통합적으로 익히는 독서 논술 프로그램 학습지입니다.

몇 단계, 몇 권인가요?

〈세 마리 토끼 잡는 독서 논술〉은 다음과 같이 총 5단계, 25권입니다.

단계	P단계	A단계	B단계	C단계	D단계
대상 학년	유아~초등 1년	초등 1년~2년	초등 2년~3년	초등 3년~4년	초등 5년~6년
권 수	5권	5권	5권	5권	5권

세 마리 토끼란?

'독서', '사고', '통합 교과'의 세 가지 영역을 말합니다. 즉, 한 권의 독서 논술 책으로 다양한 장르의 글을 읽을 수 있고, 논술 문제를 풀면서 사고력을 기를 수 있으며, 초등학교 주요 교과 내용과 연계된 문제를 풀면서 통합 교과 학습을 할 수 있습니다.

독서
- *각 단계에 맞게 초등학교의 주요 교과 내용을 주제로 정함.
- *각 권의 주제와 관련된 글을 언어, 사회, 과학 등으로 나누어 읽을 수 있음.

사고
- *언어, 사회, 과학 등과 관련된 다양한 장르의 글을 읽고 논술 문제를 풀면서 생각하는 능력과 생각하는 폭을 확장할 수 있음.

통합 교과
- *다양한 장르의 글을 읽고 초등학교 국어, 사회, 과학 등의 학습 내용과 관련된 문제를 풀면서 통합 교과 학습을 할 수 있음.

세 마리 토끼 잡는 독서논술 이런 점이 다릅니다

초등학교 교과 내용과 긴밀하게 연결되어 있습니다.

각 단계의 권별 내용과 문제는 그 단계에 맞는 학년의 주요 교과 내용과 긴밀하게 연결되어 교과 학습에 도움을 줍니다.

하나의 주제를 통합 교과적으로 접근합니다.

각 권마다 하나의 주제가 있고, 그 주제를 언어, 사회, 과학과 연결시켜서 사고를 확장할 수 있게 하였습니다. 그리고 여러 교과와 연계된 문제를 풀면서 통합 교과적인 사고를 할 수 있습니다.

다양한 서술·논술형 문제를 풀 수 있습니다.

매 페이지마다 통합 교과 논술 문제를 제시하여 생각하는 힘과 표현력을 키울 수 있는 것은 물론 학교 시험에서 강화되고 있는 서술 · 논술형 문제에 대비할 수 있습니다.

다양한 장르의 글을 접할 수 있습니다.

각 주제와 관련된 명작 동화, 창작 동화, 전래 동화, 설화, 설명문, 논설문, 수필, 시, 만화, 전기문 등 다양한 장르의 글을 읽으면서 각 장르의 특성을 체험하며 독서하는 습관을 기를 수 있습니다. 특히 현재 왕성하게 활동하고 있는 여러 동화 작가의 뛰어난 창작 동화가 20여 편 수록되어 있습니다.

수준 높은 그림을 많이 제시하여 흥미롭게 학습할 수 있습니다.

어린이들은 글과 그림이 조화를 이룬 책으로 공부할 때 학습 효과를 높일 수 있습니다. 또한 좋은 그림은 어린이들의 정서 발달에 도움을 줍니다. 이런 점을 생각하여 한 페이지를 넘길 때마다 수준 높은 그림을 제시하여 어린이들이 흥미롭게 학습할 수 있도록 하였습니다.

교재의 구성

세 마리 토끼 잡는 독서 논술 은 이렇게 구성되었습니다

독서 전 활동 생각 열기

★ 한 주의 학습을 시작하기 전에 주제와 관련된 사진이나 그림을 보고, 앞으로 학습할 내용에 대해 흥미를 가질 수 있도록 하였습니다.

★ '생각 톡톡'의 문제를 풀면서 주제에 대한 자신의 경험이나 평소 생각을 돌이켜 보며 앞으로 학습할 내용을 짐작할 수 있도록 하였습니다.

★ 통합 교과 활동과 이어질 교과서의 연계 교과를 보며 교과 내용을 참고할 수 있도록 하였습니다.

독서 중 활동 깊고 넓게 생각하기

1주 언어

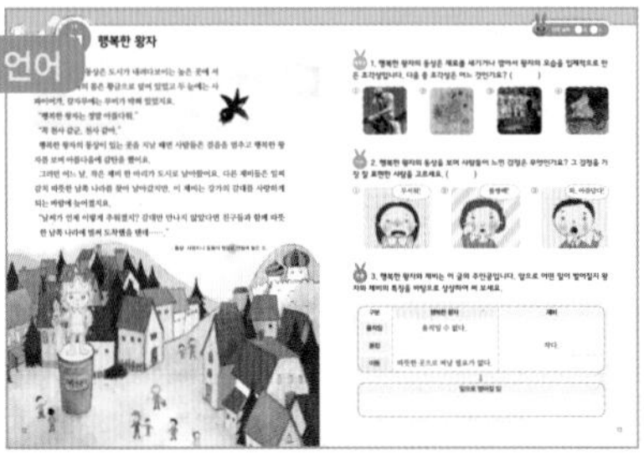

2주 사회

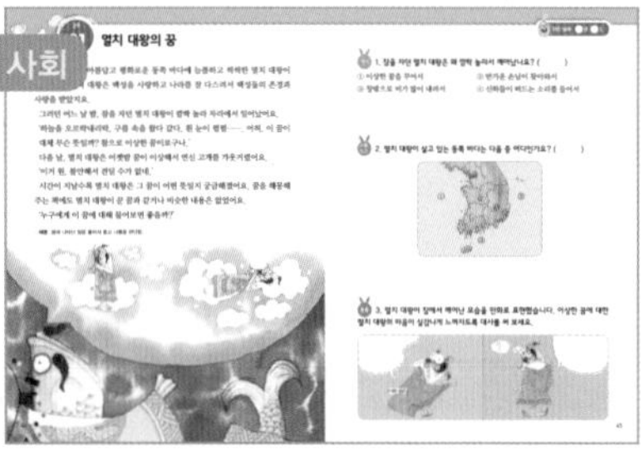

3주 과학

4주 통합 활동/장르별 글쓰기

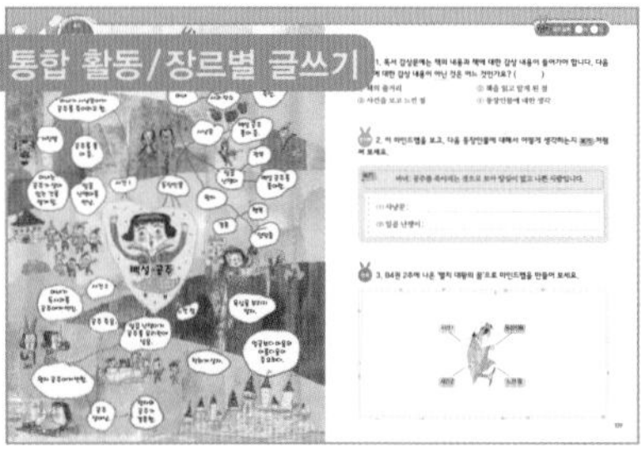

★ 한 권에 하나의 주제가 있고, 그 주제를 언어, 사회, 과학으로 나누어서 다양한 장르의 글을 읽으며 통합 교과 문제와 논술 문제를 풀 수 있도록 구성하였습니다.

★ 1주는 언어, 2주는 사회, 3주는 과학과 관련된 제재로 구성하였고, 4주는 초등 교과에서 다루고 있는 여러 가지 장르별 글쓰기(일기, 동시, 관찰 기록문, 기행문, 독서 감상문, 기사문, 논설문, 설명문, 희곡 등)와 명화 감상, 체험 학습 등의 통합 교과 활동으로 구성하였습니다.

독서 후 활동 생각 정리하기

되돌아봐요

★ 앞에서 읽은 글을 돌이켜 보면서 이야기의 흐름과 중심 생각을 파악하고, 더 나아가 자신의 생각을 발전시키는 문제를 풀 수 있도록 하였습니다. 이를 통해 한 주 동안 읽고 생각한 내용을 머릿속에서 차근차근 정리할 수 있습니다.

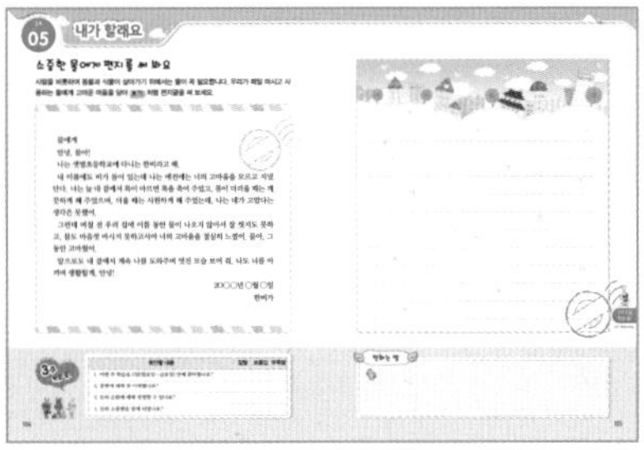

내가 할래요

★ 주제와 관련된 여러 가지 활동을 하며 한 주의 학습을 마무리할 수 있도록 하였습니다. 종이접기, 편지 쓰기, 그림 그리기 등 재미있는 활동을 하며 창의력과 상상력을 키울 수 있습니다.

★ 한 주의 학습이 끝난 다음 체크 리스트를 통해 학습한 주요 내용을 잘 이해하고 적용할 수 있는지 평가할 수 있습니다.

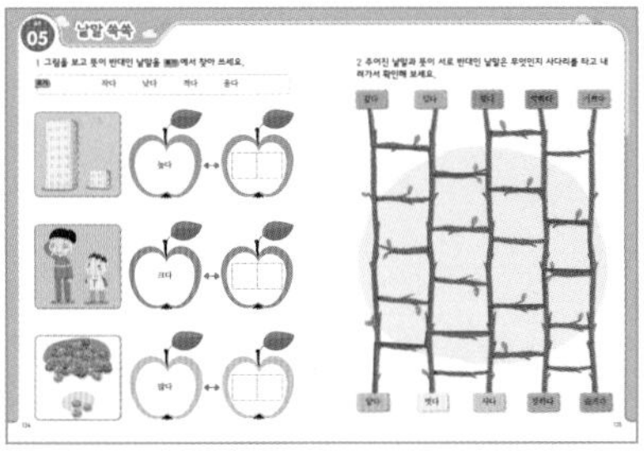

낱말 쏙쏙 (유아 P단계)

★ 한 주 동안 글을 읽으며 새로이 배운 낱말들을 그림과 더불어 살펴보고 익힐 수 있습니다.

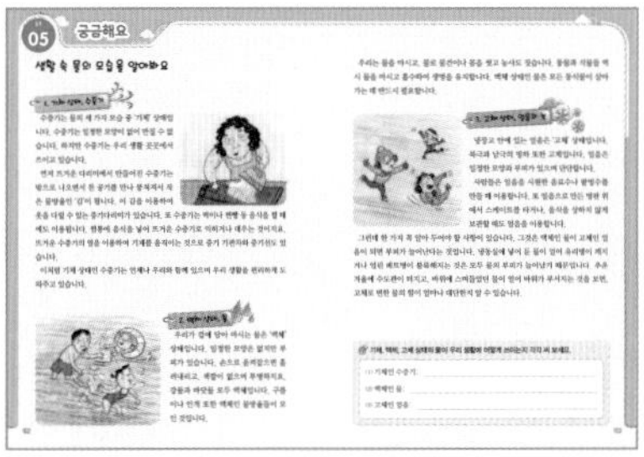

궁금해요 (초등 A~D단계)

★ 한 주 동안 읽은 글이나 주제와 관련된 배경지식을 제공하여 앞에서 학습한 내용을 좀 더 깊이 이해할 수 있습니다.

세 마리 토끼 잡는 독서논술의 커리큘럼

단계	권	주제	제재			
			언어(1주)	사회(2주)	과학(3주)	통합 활동 장르별 글쓰기(4주)
P (유아 ~초1)	1	나의 몸 살피기	뾰족성의 거울 왕비	주먹이	구슬아, 어디로 가니?	몸 튼튼, 마음 튼튼
	2	예절 지키기	여우와 두루미	고양이가 달라졌어요	비비네 집으로 놀러 와!	안녕하세요?
	3	친구와 사귀기	하얀 토끼, 까만 토끼	오성과 한음	내 친구를 자랑합니다!	거꾸로 도깨비 나라
	4	상상의 즐거움	헤라클레스의 모험	용용 죽겠지?	나는야 좋은 바이러스	상상이 날개를 달았어요
	5	정리와 준비의 필요성	지우개야, 고마워!	소가 된 게으름뱅이	개미 때문에, 안 돼~!	색깔아, 모양아! 여기 모여라!
A (초1 ~초2)	1	스스로 하기	내가 해 볼래요!	탈무드로 알아보는 스스로 하는 힘	우리도 스스로 잘 살아요	일기를 써 봐요
	2	가족의 소중함	파랑새	곰이 된 아빠	동물들의 특별한 아기 기르기	편지를 써 봐요
	3	놀이의 즐거움	꼬부랑 할머니와 흰 눈썹 호랑이	한 번도 못 해 본 놀이	동물 친구들도 노는 게 좋대요	머리가 좋아지는 똑똑한 놀이
	4	계절의 멋	하늘 공주가 그린 사계절	눈의 여왕	나뭇잎을 관찰해요	동시를 써 봐요
	5	자연 보호	세모산 솔이	꿀벌 마야의 모험	파브르 곤충기 (송장벌레)	관찰 기록문을 써 봐요
B (초2 ~초3)	1	학교생활	사랑의 학교	섬마을 학교가 좋아졌어요	우리 반 사고뭉치 기동이	소개하는 글을 써 봐요
	2	호기심 과학	불개 이야기	시턴 "동물기" (위대한 통신 비둘기 아노스)	물을 훔쳐 간 범인을 찾아라!	안내하는 글을 써 봐요
	3	여행의 즐거움	하나의 빨간 모자	15소년 표류기	갯벌 탐사 여행	기행문을 써 봐요
	4	즐거운 책 읽기	행복한 왕자	멸치 대왕의 꿈	물의 여행	독서 감상문을 써 봐요
	5	박물관 나들이	민속 박물관에는 팡이가 산다	재미있는 세계 이야기 박물관	과학관으로 놀러 오세요	광고하는 글을 써 봐요

단계	권	주제	제재			
			언어(1주)	사회(2주)	과학(3주)	통합 활동 장르별 글쓰기(4주)
C (초3 ~초4)	1	교통의 발달	자동차의 왕, 헨리 포드	당나귀를 타려다가……	교통수단, 사람들 사이를 잇다	명화 속 교통수단
	2	날씨와 환경	그리스 로마 신화	북극 소년 피터	생활 속 과학	날씨와 생활
	3	나누며 사는 삶	마더 테레사	민들레 국숫집	지진과 화산	주장하는 글을 써 봐요
	4	지역의 자연환경	울산 바위의 유래	우리 마을이 최고야!	아름다운 우리 고장	우리 마을 지도를 그려 봐요
	5	지역의 문화	준치가 메기 된 날	강릉의 딸, 겨레의 어머니 신사임당	우리나라 풀꽃 이야기	지역 특산물을 소개해 봐요
D (초5 ~초6)	1	우리 역사	삼국유사	옛날 사람들은 어떻게 살았을까?	역사를 바꾼 겨레 과학	지붕 없는 박물관, 경주 역사 유적 지구
	2	문화재	반야산 불상의 전설	난중일기	우리 문화에 숨어 있는 과학	설명하는 글은 어떻게 쓸까요?
	3	경제생활	탈무드로 만나는 경제	나눔을 실천한 기업가 유일한	재미있는 확률 이야기	기사문은 어떻게 쓸까요?
	4	정보화 사회	컴퓨터 천재 빌 게이츠	봉수와 파발	컴퓨터와 인터넷 세상	연설문은 어떻게 쓸까요?
	5	세계와 우주	우주를 여행하는 과학자 스티븐 호킹	80일간의 세계 일주	별과 우주	희곡은 어떻게 쓸까요?

세 마리 토끼 잡는 독서 논술 이렇게 공부하세요

자신 있게 학습할 수 있는 단계를 선택하세요.

〈세 마리 토끼 잡는 독서 논술〉은 어린이 개인의 능력에 따라 단계를 선택하여 학습할 수 있는 교재입니다. 학년과 상관없이 자신이 자신 있게 학습할 수 있는 단계부터 선택하는 것이 중요합니다. 너무 어려운 단계나 너무 쉬운 단계를 선택하면 학습에 흥미를 잃을 수 있으므로 주의하세요.

한 주 동안 읽어야 할 독서 자료를 미리 읽으세요.

한 주 동안 읽어야 할 독서 자료를 미리 읽고 전체 내용을 파악한 다음, 매일 3장씩 읽고 문제를 푸는 것이 독서 학습을 하는 데 효과적입니다. 독서에는 흐름이 있습니다. 전체의 흐름을 미리 알고 세부적인 문제를 푸는 것이 사고력 확장에 도움이 됩니다.

매일 3장씩 꾸준히 공부하세요.

'가랑비에 옷이 젖는다.'라는 속담처럼 매일 꾸준히 3장씩 읽고, 생각하고, 표현하다 보면 독서, 사고, 통합 교과적 사고 능력이 성장한다는 것을 느낄 수 있을 것입니다. 그리고 매일 학습을 마친 뒤에는 '1일 학습 끝!' 붙임 딱지를 붙이면서 성취감을 느껴 보세요.

한 주 학습을 마친 후 자기 평가를 해 보세요.

한 주 학습이 끝난 다음에는 체크 리스트를 통해 학습한 내용을 얼마나 이해하고 적용할 수 있는지 스스로 평가해 보세요. 그래서 부족한 부분이 있다면 다시 한번 짚고 넘어가세요.

부모님과 깊이 있는 대화를 나누어 보세요.

한 주 동안 독서 자료를 읽고 문제를 풀면서 생각하고 표현해 보았다면, 그 주제에 대해 부모님과 이야기를 나누어 보세요. 주제에 대해 자신이 새롭게 알게 된 것이나 다르게 생각하게 된 것을 부모님과 이야기하다 보면 생각이 더욱 커진답니다.

한 주 학습표

일	월	화	수	목	금	토

★ 한 주 동안 읽어야 할 독서 자료 미리 읽기

★ 매일 3장씩 학습하기 → '1일 학습 끝!' 붙임 딱지 붙이기 → 한 주 학습이 끝나면 체크 리스트를 보며 평가하기

★ 부족한 부분 되짚기
★ 주요 내용 복습하기

세 마리 토끼 잡는 독서논술

P단계 3권

주제	주	제목	교과 연계 내용
친구와 사귀기	언어(1주)	하얀 토끼, 까만 토끼	[국어 2-2] 장면을 떠올리며 이야기 읽기
			[국어 3-1] 일이 일어난 까닭 알기 / 국어사전 활용하기
			[국어 3-2] 인물의 말과 행동 생각하며 읽기
			[통합교과 봄1] 친구에 대하여 알기 / 친구와 사이좋게 지내기
	사회(2주)	오성과 한음	[국어 1-1] 하루 동안에 겪은 일 말하기
			[국어 3-1] 알맞은 높임 표현 알기 / 이야기를 읽고 느낀 감동 전하기
			[국어 3-2] 차례대로 내용 간추리기 / 인물의 말과 행동 생각하며 읽기
			[수학 1-1] 길이와 높이 비교하기
			[통합교과 봄1] 친구와 사이좋게 지내기 / 교실에서 지켜야 할 규칙 알기
			[통합교과 여름1] 바르게 식사하는 순서와 방법 알기
			[통합교과 봄2] 몸에 있는 여러 부분의 이름과 특징 알기
	과학(3주)	내 친구를 자랑합니다!	[국어 1-1] 바른 자세로 읽고 쓰기
			[국어 2-1] 여러 사람 앞에서 자신 있게 말하기
			[수학 1-1] 덧셈과 뺄셈 알기
			[과학 3-1] 동물의 한살이 알기
			[통합교과 봄1] 친구에 대하여 알기 / 친구와 사이좋게 지내기
			[통합교과 여름2] 여름과 관련 있는 동식물 알기
	통합 활동 (4주)	거꾸로 도깨비 나라	[국어 2-1] 낱말의 소리와 뜻을 생각하며 여러 가지 말놀이하기
			[국어 3-2] 인상 깊은 경험으로 글쓰기 / 인물의 말과 행동 생각하며 읽기
			[통합교과 봄1] 친구와 사이좋게 지내기
			[통합교과 겨울1] 우리나라의 아름다운 전통 알기

1주

하얀 토끼, 까만 토끼

생각톡톡 여러분은 살갗이 하얀 편인가요, 까만 편인가요?

관련교과

[국어 2-2] 장면을 떠올리며 이야기 읽기 / **[국어 3-2]** 인물의 말과 행동 생각하며 읽기
[통합교과 봄1] 친구에 대하여 알기 / 친구와 사이좋게 지내기

1주

01 하얀 토끼, 까만 토끼

나는 토끼야.

까만 털에 기다란 두 귀,

초롱초롱한 두 눈을 가졌어.

코를 벌름거리며 냄새도 맡고,
작고 귀여운 입으로 오물오물 풀잎도 씹지.
길고 튼튼한 뒷다리로는 깡충깡충 뛰어다닌단다.
엉덩이에는 뭉툭하지만 앙증맞은 꼬리도 있어.

* 뭉툭하다: 굵은 사물의 끝이 아주 짧고 무디다.
* 앙증맞다: 작으면서도 갖출 것은 다 갖추어 아주 깜찍하다.

과학 탐구 **토끼의 모습으로 알맞은 것을 모두 찾아 색칠하세요.**

기다란 두 귀	뭉툭한 꼬리	커다란 입

나는 우리 농장에서 가장 특별한 토끼야.
내 앞니는 정말 크고 단단하거든.
털도 *먹물처럼 까맣고 *반질반질하지.
그 덕분에 어디서나 눈에 잘 띈단다.

* **먹물**: 벼루에 먹을 갈아 만든 검은 물.
* **반질반질하다**: 거죽이 윤기가 흐르고 매우 매끄럽다.

그런데 나는 늘 혼자서 놀아.
왜냐고?
음……. 말해 주고 싶지 않지만,
그럴 만한 까닭이 있어.

언어 까만 토끼는 농장에서 어떻게 지내는지 찾아 색칠하세요.

친구들과 사이좋게 놀아요.

늘 혼자서 놀아요.

1주

01

우리는 토끼야.

눈처럼 희고 탐스러운* 털을 가진 토끼.

우리는 농장에서 가장 인기 있는 동물이란다.

우리에게는 한 가지 걱정거리가 있어.

* **탐스럽다**: 마음이 끌리도록 보기에 좋다.

흰 구름처럼 몽실몽실 귀여운 우리 틈에
시커먼 토끼가 하나 있다는 거지.
휴~, 까만 토끼라니 정말 기분 나쁜 일이야.
그래서 우리는 그 친구하고 놀지 않아.

1주 1일 학습 끝!

붙임 딱지 붙여요.

언어 하얀 토끼들이 까만 토끼와 놀지 않는 까닭을 찾아 ○표 하세요.

씻지 않아서	털 색깔이 싫어서	성질이 고약해서

나는 이 농장의 터줏대감*인 솟대*야.
높은 곳에서 농장을 내려다보며
농장에서 일어나는 일을 빠짐없이 지켜보지.
그래서 까만 토끼의 비밀도 알고 있단다.
뭐냐고?

* **터줏대감**: 모임이나 단체에서 가장 오래된 사람을 이르는 말.
* **솟대**: 마을 입구에 기다란 막대를 세우고 위에 새 모양 조각 따위를 매단 것.

언어 이 농장의 터줏대감은 누구인지 붙임 딱지에서 찾아 ?에 붙이세요.

?

까만 토끼는 친구들이 자기를 싫어하는 까닭을 몰랐어.
그러던 어느 날, 물에 비친 자기 모습을 보고
남들과 다른 모습에 깜짝 놀랐지.
까만 토끼는 그때부터 혼자 놀기 시작했어.
혼자 놀면서 두 귀를 쫑긋 세우고 먼 곳에서 들려오는
작은 소리를 귀 기울여 듣곤 했지.
그러다 보니 남들보다 소리를 잘 듣게 되었대.
하지만 까만 토끼는 그 사실을 말하지 않았어.
자기만의 비밀을 가지고 싶었거든.

* **비밀**: 남에게 드러내거나 알리지 않기 위해 숨기는 일.

논술 까만 토끼의 비밀은 무엇인지 말해 보세요.

남들보다 ____________________

며칠 전부터 까만 토끼는 새벽에 일어나 앞니를 갈았어.

뽀드득뽀드득, 뽀드득뽀드득!

“아이, 시끄러워!”

하얀 토끼들은 유난히 못생기고
커다란 앞니만 갈아 대는
까만 토끼를 이해할 수 없었지.
하지만 까만 토끼에게는 아무 말도 하지 않았어.

1주 2일 학습 끝!

붙임 딱지 붙여요.

언어 이를 갈 때 나는 소리로 알맞은 것을 찾아 색칠하세요.

멍멍	빙글빙글	뽀드득뽀드득

사실 예전부터 하얀 토끼들은
까만 토끼와 말 한마디 하지 않았어.
물론 밥도 같이 먹지 않았지.
까만 토끼와 놀면 자기들 털이
까맣게 될지도 모른다고 생각했거든.

그래서
"앞니를 왜 그렇게 열심히 갈아?"라고
묻지도 않았던 거야.
궁금했지만 꾹 참았지.

사회 탐구 **친구끼리 말을 하지 않으면 어떻게 될까요? 알맞은 것에 ○표 하세요.**

사이가 나빠져요. | 사이가 좋아져요.

까만 토끼는 낮에도 시끄럽게 굴었어.
매일 철문 앞에서 높이뛰기 연습을 했거든.
'껑충, 철커덩! 껑충, 철커덩!'
철문 높은 곳에 달린 *잠금 고리를 풀겠다는 거지.
고리가 풀리면 염소들이 토끼*우리로 들어올 테고,
그러면 염소 뿔에 받힐지도 모르는데 왜 그러는 걸까?

* **잠금**: 열리지 않게 닫음.
* **우리**: 짐승을 가두어 기르는 곳.

예체능 운동 경기인 '높이뛰기'는 어떻게 하는 걸까요? '높이뛰기' 하는 모습을 붙임 딱지에서 찾아 ?에 붙이세요.

?

그런데 어젯밤부터 토끼우리가 달라졌어.
늘 혼자였던 까만 토끼가
하얀 토끼들에게 둘러싸여 있는 거야.

하얀 토끼들과 까만 토끼는 함께 밥도 먹고
이야기도 나누었어. 털을 부비며 놀기도 했지.
심지어 하얀 토끼가 까만 토끼의 행동을
그대로 따라 하기까지 했단다.
왜 이렇게 놀라운 일이 벌어졌는지 궁금하지?

1주 3일 학습 끝!
붙임 딱지 붙여요.

수리 탐구 **우리 속에 있는 토끼는 모두 몇 마리일까요? 빈칸에 알맞은 숫자를 쓰세요.**

4 + 1 = □

〈하얀 토끼 수〉 〈까만 토끼 수〉 〈우리 속 토끼 수〉

잠깐, 그 이야기는 내가 할게.

나는 가로등이야.

솟대에 매달려

깜깜한 밤에 농장을 밝혀 주지.

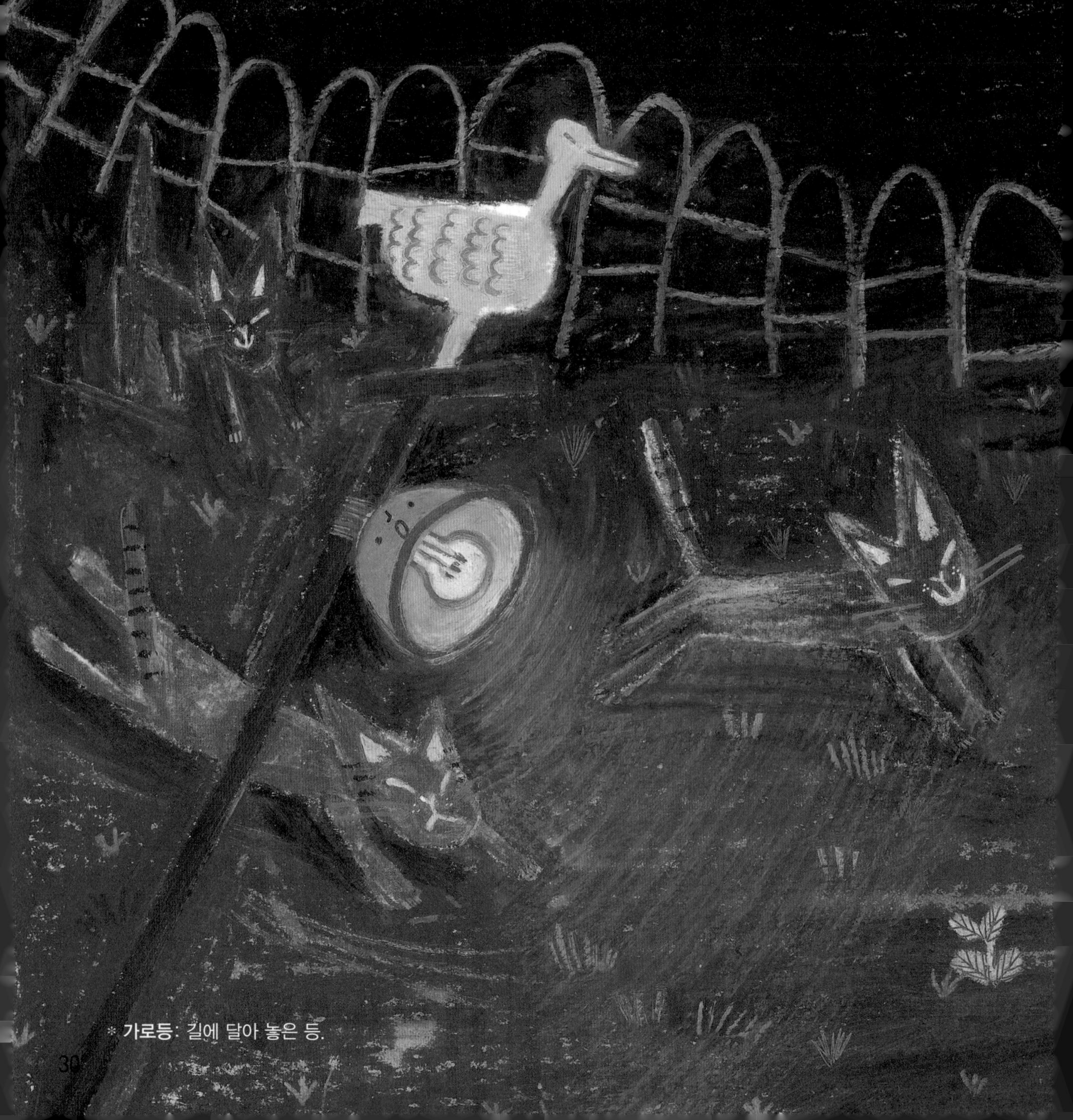

* **가로등**: 길에 달아 놓은 등.

아, 맞다.
어젯밤에 무슨 일이 벌어졌냐고?
사실 어젯밤에 나는 졸고 있었어.
밤하늘에 달도 별도 뜨지 않아 너무 깜깜했거든.
그런데 갑자기 *수상한 그림자들이 휙휙 지나가는 거야.

* **수상하다**: 보통과 달리 이상하여 의심스럽다.

과학 탐구 가로등은 언제 농장을 밝혀 주나요? 알맞은 것에 ○표 하세요.

환히 밝은 낮 / 깜깜한 밤

*살쾡이들이었어.
하얀 토끼들은 비명을 질렀지.
그때, 까만 토끼가 긴 귀를 펄럭이며 달려오더니
높이 뛰어올라 철문의 잠금 고리를 풀었어.

* **살쾡이**: 고양이와 비슷하지만 몸집은 조금 더 크며 작은 동물을 잡아먹고 사는 동물.

그러자 염소들이 뿔을 들이대며 토끼우리로 달려왔지.
살쾡이들은 염소 뿔에 받히고,
까만 토끼의 큰 앞니에 물려 정신이 없었어.
결국 살쾡이들은 *꽁지가 빠지게 도망치고 말았지.

※ **꽁지**: 꼬리를 낮잡아 이르는 말.

언어 살쾡이를 물리친 두 동물을 붙임 딱지에서 찾아 ?에 붙이세요.

?	?

하얀 토끼들은 까만 토끼에게 물었지.
"살쾡이들이 올지 어떻게 알았니?"
"살쾡이들이 먼 곳에서 하는 이야기를 들었지.
나는 남들보다 소리를 잘 들을 수 있거든."

"그래서 매일 높이뛰기 연습을 하고,
커다란 앞니를 열심히 갈았던 거구나."
하얀 토끼들은 까만 토끼를 따돌리던
자신들의 행동이 부끄러웠어.
그래서 더욱 까만 토끼에게 고마워했단다.

1주 4일 학습 끝!
붙임 딱지 붙여요.

논술 여러분이 하얀 토끼라면 자신들을 지켜 준 까만 토끼에게 어떤 말을 했을지 말해 보세요.

까만 토끼야, ______________________

되돌아봐요

'하얀 토끼, 까만 토끼'를 잘 읽었나요? 하얀 토끼가 한 일이면  에, 까만 토끼가 한 일이면  에 ○표 하세요.

• 새벽에 일어나 앞니를 갈았어요. ( , )

• 친구를 따돌렸어요. ( , )

• 매일 높이뛰기 연습을 했어요. ( , )

• 털이 하얀 걸 더 좋아했어요. ( , )

• 높이뛰기로 잠금 고리를 풀었어요. ( , )

• 살쾡이를 앞니로 물어서 물리쳤어요. ( , )

• 잘못을 뉘우쳤어요. ( , )

2 서로 관계있는 것끼리 줄로 이으세요.

솟대

가로등

염소

하얀 토끼

까만 토끼

높은 곳에서 내려다 보며 농장에서 벌어지는 일을 빠짐없이 지켜보아요.

뾰족한 뿔로 토끼우리에 들어온 살쾡이를 들이받았어요.

솟대에 매달려 깜깜한 밤에 농장을 비추어 주어요.

까만 털과 크고 단단한 앞니를 가졌어요. 소리도 잘 듣지요.

까만 토끼와 놀면 털이 까맣게 될지도 모른다고 생각했어요.

1주 05

낱말 쏙쏙

| 낱말에 어울리는 그림을 찾아 ○표 하세요.

벌름거리다

튼튼하다

시끄럽다

깜깜하다

2 빈칸에 들어갈 알맞은 낱말을 보기 에서 찾아 쓰세요.

보기 뽀드득뽀드득 깡충깡충 오물오물 몽실몽실

아이가 ________________ 과자를 먹어요.

토끼가 ________________ 뛰어가요.

흰 구름이 ________________ 피어나요.

형이 ________________ 이를 갈아요.

내 마음을 받아 줘!

하얀 토끼가 까만 토끼에게 하고 싶은 말을 쪽지에 썼어요. 보기 를 잘 읽고, 여러분도 친구에게 하고 싶은 말을 써 보세요.

보기

까만 토끼에게

앞으로 사이좋게 지내자.

하얀 토끼가

확인할 내용	잘함	보통임	부족함
1. 이번 주 학습을 5일(월요일~금요일) 안에 끝마쳤나요?			
2. 이야기에 등장하는 동물의 특징을 잘 이해하였나요?			
3. 따돌림당하는 친구의 마음을 이해할 수 있나요?			
4. 친구에게 하고 싶은 말을 글로 써서 전할 수 있나요?			

____________ (이)에게

____________ (이)가

1주 5일
학습 끝!

붙임 딱지 붙여요.

전하는 말

2주

오성과 한음

오성과 한음

• 작품 설명: 조선 선조 때의 이름난 정치가이자 학자였던 오성 이항복과 한음 이덕형에 관한 이야기예요. 오성과 한음은 어려서부터 아주 친한 친구였어요. 늘 붙어 다니면서 공부도 같이하고 장난도 많이 쳤지요. 둘의 재치 있고 지혜로운 행동은 많은 사람들을 즐겁게 하였어요. 그래서 오성과 한음에 관련된 수많은 이야기들이 입에서 입으로 전해져 내려오고 있답니다.

생각톡톡 여러분의 단짝 친구 이름은 무엇인가요?

관련교과

[국어 3-1] 알맞은 높임 표현 알기 / 이야기를 읽고 느낀 감동 전하기

[통합교과 봄1] 친구와 사이좋게 지내기 / 교실에서 지켜야 할 규칙 알기

01 훈장님의 꿀단지

옛날, 어느 마을에 오성과 한음이 살았어.
둘은 *서당에 같이 다녔는데 사이가 무척 좋았지.
둘 다 공부도 잘하고, 장난도 잘 쳤어.
때로는 어려움을 겪는 친구를 함께 도와주기도 했단다.
오성과 한음이 어떤 아이들인지 궁금하다고?
그럼, 이야기 한번 들어 볼래?

* **서당**: 옛날 학교.

언어 **오성과 한음에 대해 바르게 말하지 <u>못한</u> 것에 모두 색칠하세요.**

사회탐구 **오성과 한음 같은 옛날 어린이들이 공부하던 곳에 ○표 하세요.**

서당

초등학교

논술 **여러분 친구들 중 공부 잘하고, 장난 잘 치고, 남을 잘 돕는 친구는 누구인지 이름을 각각 써 보세요.**

공부 잘하는 친구	장난 잘 치는 친구	남을 잘 돕는 친구

어느 날, 서당에서 훈장님이 아이들에게 말했어.

"모두 돌아앉아서 소리 내어 글을 읽거라."

"하늘 천, 땅 지……."

아이들이 글을 읽는데,

'쩝쩝쩝!' 하며 이상한 소리가 나는 거야.

오성과 한음은 엉덩이를 높이 들고 다리 사이로

소리 나는 곳을 쳐다보았지.

이런, 훈장님이 단지 안에서 무언가를 몰래 떠먹고 있네.

* **훈장**: 서당의 선생님.
* **단지**: 목이 짧고 가운데가 불룩한 작은 항아리.

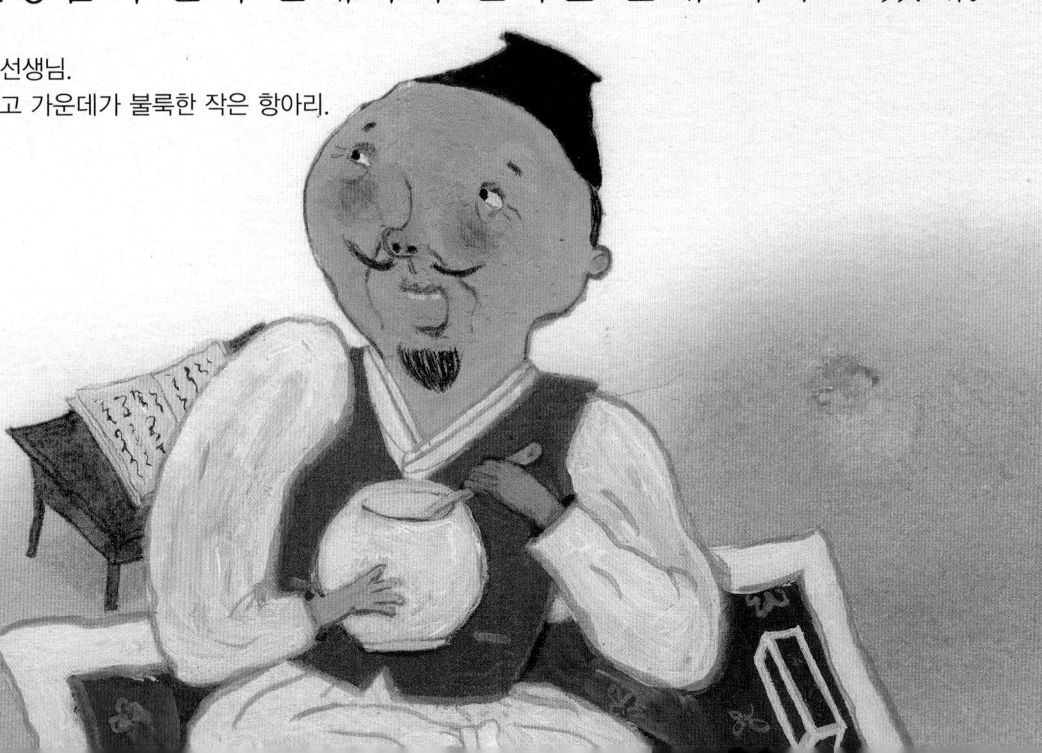

언어 훈장님이 무언가를 먹으면서 낸 소리를 찾아 색칠하세요.

- 드르륵
- 뽀드득
- 쩝쩝쩝

사회 탐구 음식을 먹는 자세를 바르게 말한 것에 모두 ○표 하세요.

음식이 입에 있는 상태에서 말하지 않아요.

소리 내지 않고 조용히 먹어요.

돌아다니면서 음식을 먹어요.

예체능 훈장님의 단지 안에는 무엇이 들어 있을까요? 상상해서 그려 보세요.

오성이 다리 사이로 고개를 들이밀며 물었어.

"훈장님, 무엇을 드시나요?"

깜짝 놀란 훈장님은 얼른 단지를 벽장*에 넣었어.

"약이니라. 이 약은 애들이 먹으면

큰일 나는 약이니 절대로 건드리지 말거라."

오성과 한음은 고개를 갸웃거렸단다.

훈장님의 대답에 왠지 믿음이 가지 않았거든.

* 벽장: 벽을 뚫어 작은 문을 내고 그 안에 물건을 넣어 두게 한 것.

언어 훈장님은 무엇을 드신다고 하셨나요? 붙임 딱지에서 찾아 ?에 붙이세요.

2주 1일 학습 끝!
붙임 딱지 붙여요.

예체능 다리 사이로 고개를 들이민 동작으로 알맞은 것에 ○표 하세요.

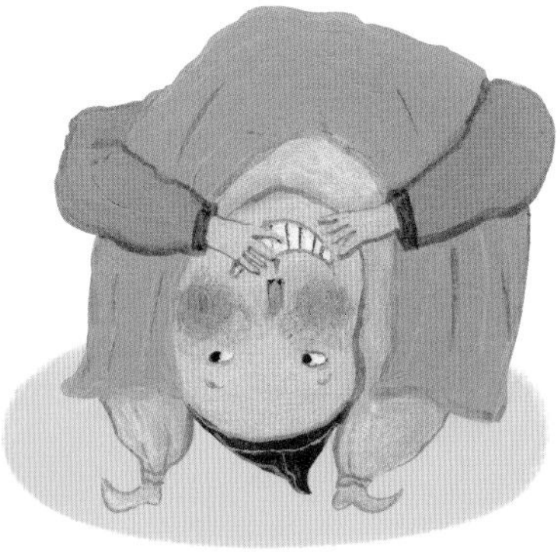

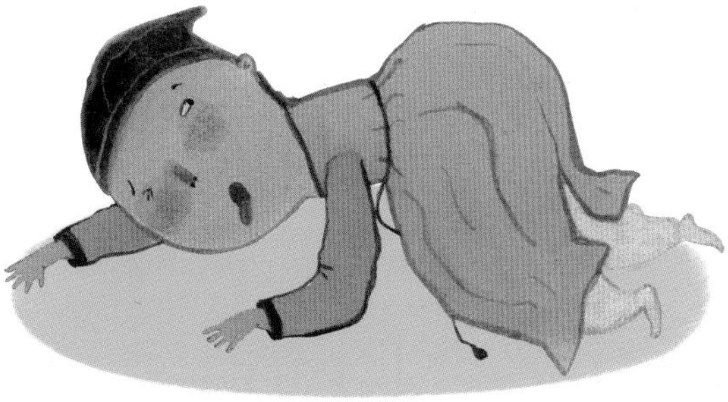

논술 훈장님은 단지 안에 어린이에게 해로운 약이 들어 있다고 했어요. 어린이 몸에 좋지 않은 음식에는 어떤 것이 있을까요? 생각나는 대로 써 보세요.

훈장님이 잠시 자리를 비운 사이에
오성은 아이들과 씨름판을 벌였어.
"으라차차!"
덩치 큰 아이가 몸을 힘껏 젖히자
오성은 힘없이 나가떨어졌지.
'와장창!'
오성이 훈장님의 책상으로 떨어지면서
책상 위에 있던 벼루* 깨져 버렸지 뭐야.

* **벼루**: 먹을 가는 데 쓰는 물건.

언어 훈장님이 자리를 비운 사이 오성과 아이들이 한 놀이를 찾아 ○표 하세요.

씨름

그네뛰기

언어 오성이 깨뜨린 것을 찾아 색칠하세요.

논술 훈장님이 돌아오시면 오성은 어떻게 말을 해야 할까요? 여러분이 오성이 되어 말해 보세요.

아이들은 놀라서 얼굴색이 파랗게 변했어.
“큰일이다! 분명 종아리*를 맞게 될 거야.”
울상을 짓는 오성에게 한음이 말했어.
“내가 시키는 대로만 하면 괜찮을 거야.”
오성과 아이들은 귀를 쫑긋 세우고
한음의 입을 바라보았지.
방 안에서는 소곤소곤, 쑥덕쑥덕!
한참 동안 비밀 이야기가 오고 갔단다.

* **종아리**: 무릎과 발목 사이의 뒤쪽 근육 부분.

과학 탐구 종아리는 우리 몸의 어느 부분을 말하는지 보기 에서 찾아 번호를 쓰세요.

보기

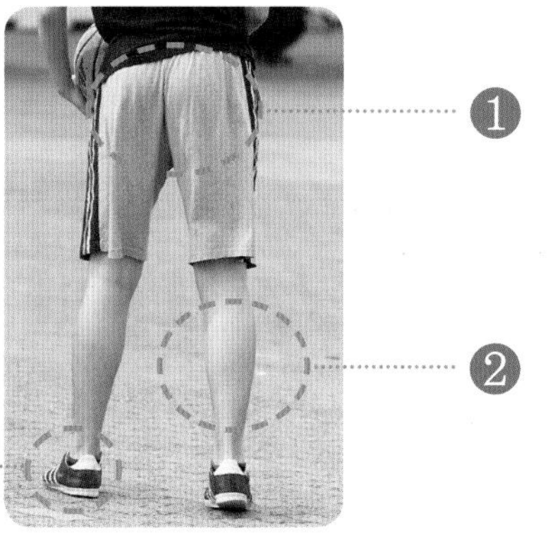

□

사회 탐구 잘못을 했을 때에는 어떻게 해야 하나요? 올바른 태도를 찾아 ○표 하세요.

잘못을 솔직히 말해요.

거짓말을 해서 넘어가요.

논술 한음과 아이들은 비밀 이야기를 주고받았어요. 여러분이 그동안 말하지 못한 비밀을 한 가지 써 보세요.

보기 동생이 얄미워 엄마 몰래 때린 적이 있어요.

잠시 후, 훈장님이 돌아왔어.
그런데 오성이 쓰러져 있고
아이들은 엉엉 울고 있는 게 아니겠어?
"왜 우는 것이냐?"
그러자 한음이 울면서 대답했어.
"오성이가 씨름을 하다 훈장님 벼루를 깼습니다.
그러더니 자기는 죽어 마땅한 죄인*이라며
벽장에 있던 약을 몽땅 다 먹고 쓰러졌습니다."

* **죄인**: 죄를 지은 사람.

언어 오성이 벽장에 있던 약을 먹은 까닭은 무엇인지 찾아 색칠하세요.

서당 안에서 씨름을 하여서

훈장님 벼루를 깨서

과학탐구 오성은 약을 먹고 쓰러졌어요. 만약 친구가 그런 위험에 처했다면 어떻게 해야 하나요? 알맞은 것에 ○표 하세요.

화를 내요.

어른께 알려요.

2주 2일 학습 끝!

붙임 딱지 붙여요.

논술 야단맞지 않으려는 오성과 한음의 행동을 보고, 해 주고 싶은 말을 보기 와 같이 해 보세요.

보기 야단맞고 싶지 않은 너희들 마음을 이해해.

훈장님은 *난처했어.
사실 단지 안에 있던 것은
약이 아니라 꿀이었거든.
먼저 거짓말을 했으니 야단칠 수도 없었지.
"그만 일어나거라. 용서해 주마."
오성과 한음은 기분이 좋았어.
꿀을 약이라고 속인 훈장님도 골려 주고,
달콤한 꿀도 모두 먹어 버리고,
벼루를 깬 것도 용서받았으니까.

* **난처하다**: 이럴 수도 없고 저럴 수도 없어서 어렵다.

과학 탐구 **꿀과 약은 먹었을 때 어떤 맛이 날까요? 알맞은 것을 찾아 줄로 이으세요.**

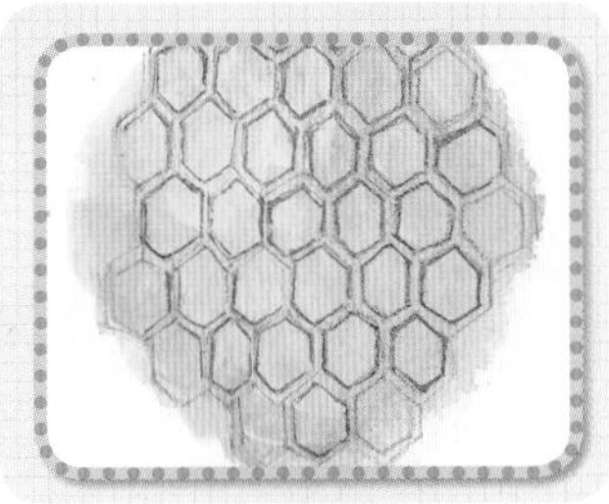

꿀

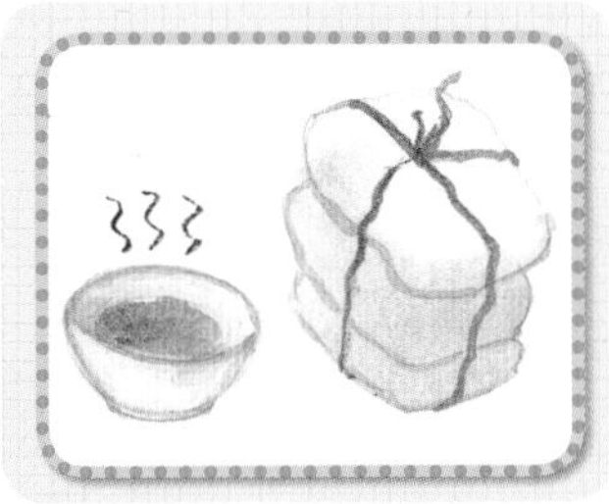

약

- 쓴맛
- 단맛

예체능 **훈장님은 골탕을 먹었지만 겉으로는 괜찮은 척했어요. 하지만 속마음도 그랬을까요? 훈장님의 속마음을 말해 보세요.**

03 죽은 새 묻어 주기

오성과 한음은 집으로 가는 길에
나무 위에 있는 새 둥지*를 보았어.
오성이 나무 위로 기어올라 가
작은 새끼 새를 꺼내 왔지.
"우아, 귀엽다."
오성과 한음은 주먹보다 작은 새끼 새를
쓸어 주고 만져 주며 이리저리 데리고 놀았어.
그런데 새끼 새가 덜컥 죽고 만 거야.

* **둥지**: 보금자리.

수리 탐구 새끼 새의 크기는 어느 정도인가요? 주먹보다 크면 <, 작으면 >붙임 딱지를 ?에 붙이세요.

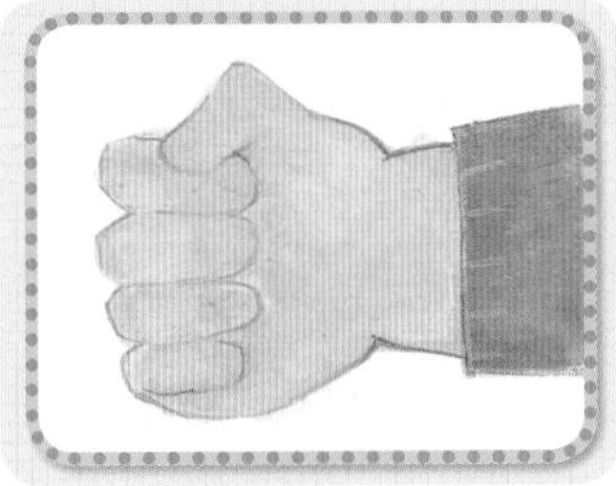
주먹

?

새끼 새

과학 탐구 새에 대한 설명으로 알맞은 것을 찾아 색칠하세요.

논술 길을 가다 새 둥지를 보면 어떻게 해야 할까요? 보기 의 내용을 보고, 여러분의 생각은 어떠한지 써 보세요.

오성과 한음은 깜짝 놀랐어.
"아직 어린 새를 너무 괴롭혔나 봐."
오성과 한음은 마음이 아팠어.
오성이 그렁그렁 눈물이 맺힌 얼굴로 말했어.
"둥지에서 꺼내 온 내 잘못이야."
그러자 한음이 대답했어.
"아니야, 내 책임도 있어."

언어 새끼 새가 죽었을 때 오성과 한음의 마음으로 알맞은 것을 찾아 색칠하세요.

사회 탐구 오성과 한음에게 배울 점으로 알맞은 것에 ○표 하세요.

서로에게 잘못을 미루어요.

자신의 잘못을 인정해요.

2주 3일 학습 끝!
붙임 딱지 붙여요.

논술 오성과 한음이 흘린 눈물 속에는 어떤 마음이 담겨 있을까요? 보기 와 같이 써 보세요.

"우리 때문에 죽었으니 장례*를 치러 주자."
오성의 말에 한음도 찬성했어.
오성과 한음은 나무 아래에 죽은 새를 묻어 주었지.
그러고는 죽은 새를 위한 글을 지었어.
자신들의 잘못에 대해 용서를 빌고
새가 좋은 곳으로 가기를 바라는 글이었지.

* **장례**: 죽은 사람을 땅에 묻어 주는 일.

사회 탐구 **죽은 사람을 땅에 묻어 주는 일을 무엇이라고 하나요? 알맞은 것에 ○표 하세요.**

장례

결혼

돌

제사

논술 **다음은 오성과 한음이 죽은 새를 위해 쓴 글이에요. 빈칸에 어떤 말이 들어가면 좋을지 써 보세요.**

새끼 새야!

부디 하늘 나라에 가서 행복하렴.

오성과 한음이

오성은 글을 읽고 한음은 곡*을 했어.
누가 친구 사이 아니랄까 봐
새끼 새의 죽음을 안타깝게 생각하는
착한 마음까지 똑같았지.
이 모습을 본 오성의 아버지가
두 아이에게 물었단다.
"이 글은 누가 쓴 것이냐?
아주 잘 썼구나."

* 곡: 제사나 장례를 지낼 때에 소리를 내며 욺.

언어 새끼 새의 장례를 치를 때 오성과 한음이 한 일을 찾아 줄로 이으세요.

곡을 했어요.

글을 읽었어요.

사회 탐구 오성과 한음은 무엇이든 함께했어요. 친구와 함께할 수 있는 일로 알맞지 않은 것에 ×표 하세요.

많이 아프기

즐겁게 놀기

열심히 공부하기

논술 오성과 한음은 착한 마음까지 똑같았어요. 나와 단짝 친구의 닮은 점을 두 가지 찾아 써 보세요.

오성이 대답했어.
"한음이가 지은 것입니다."
그러자 한음이 펄쩍 뛰며 대답했어.
"아닙니다. 오성이가 지은 것입니다."
오성의 아버지는 서로 양보하는
두 아이의 우정을 보고 어른이 되면
분명 훌륭한 사람이 될 거라고 생각했단다.

사회 탐구 오성과 한음처럼 좋은 친구가 되려면 어떻게 해야 할까요? 알맞은 것을 모두 찾아 ◯표 하세요.

2주 4일 학습 끝!

붙임 딱지 붙여요.

논술 훗날 오성과 한음은 어떤 어른이 되었을까요? 상상해서 말해 보세요.

되돌아봐요

1 '오성과 한음'을 잘 읽었나요? 일이 일어난 순서대로 □ 안에 번호를 쓰세요.

훈장님께 용서를 받았어요.

훈장님이 몰래 꿀을 먹었어요.

훈장님 벼루를 깨뜨렸어요.

약을 먹고 쓰러진 척했어요.

2 훈장님이 오성을 혼내지 못한 까닭은 무엇인지 말해 보세요.

3 오성과 한음이 한 행동 중 올바른 것에는 ○표, 그렇지 못한 것에는 ×표 하세요.

새 둥지에서 새끼 새를 가져왔어요. ( )

새끼 새가 죽자 자신들의 잘못을 인정했어요. ( )

새끼 새를 땅에 묻어 주었어요. ( )

4 오성의 아버지는 왜 오성과 한음이 어른이 되면 훌륭한 사람이 될 거라고 생각했나요? 그 까닭을 말해 보세요.

낱말 쏙쏙

| 아래 그림에서 설명하는 낱말이 무엇인지 보기 에서 찾아 쓰세요.

보기 훈장 벼루 종이 서당 책상

2 그림에 어울리는 낱말을 찾아 줄로 이으세요.

찝찝

쑥덕쑥덕

와장창

그렁그렁

친구 얼굴을 접어요

아래와 같은 방법으로 얼굴 모양을 색종이로 접어 보세요.

★ **준비됐나요?** 검정색이나 갈색 색종이, 색연필이나 사인펜

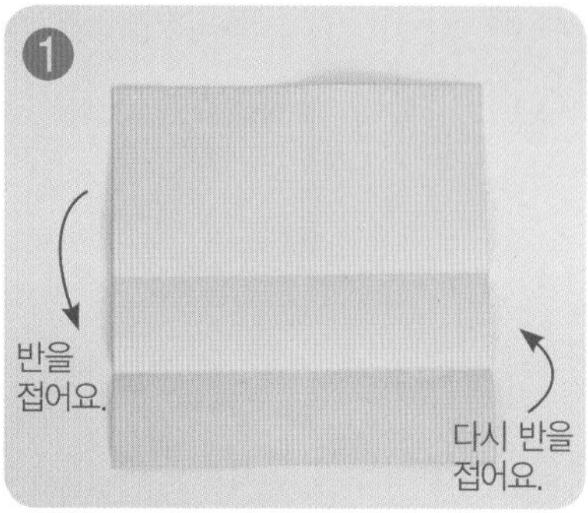

색종이를 가로로 반을 접고, 또 반을 접었다 펴요.

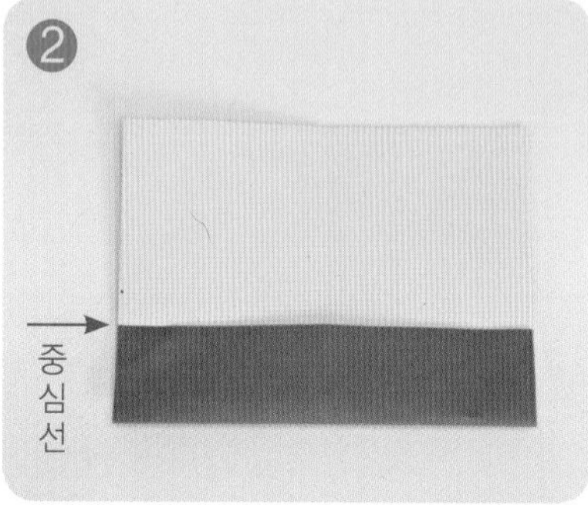

짙은 색 면을 위로 접어 올려요.

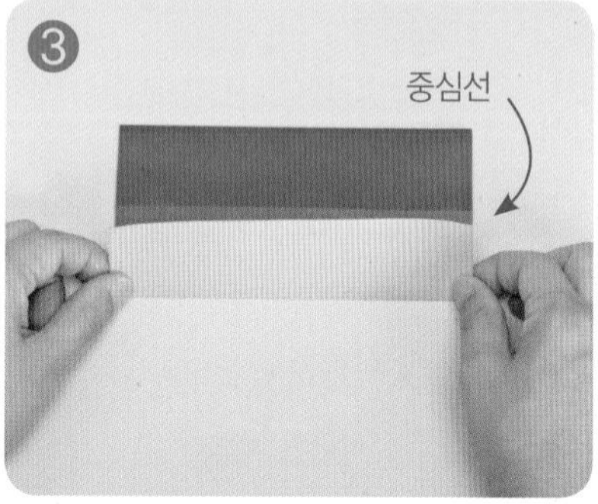

뒤집어서 옅은 색 면을 ❷와 같은 방법으로 접어 올려요.

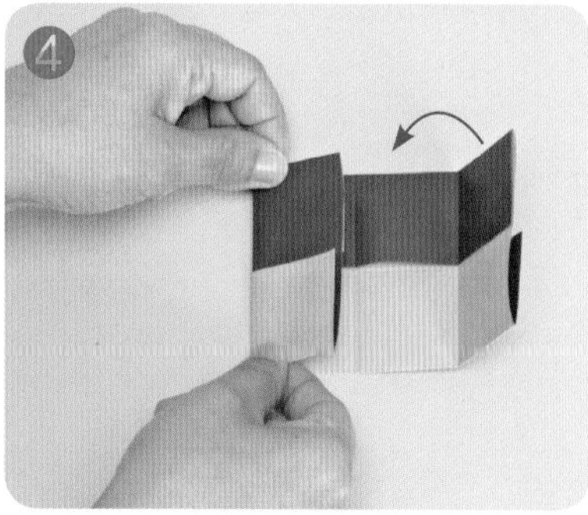

양 끝이 가운데에서 만나도록 각각을 마주 접어요.

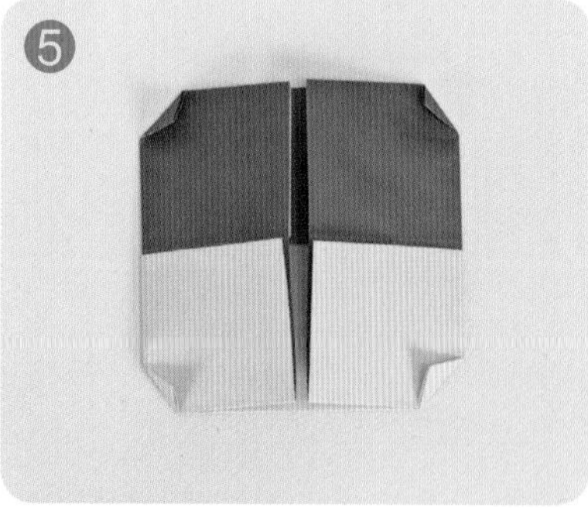

네 모서리를 안으로 각각 조금씩 꺾어 접어요.

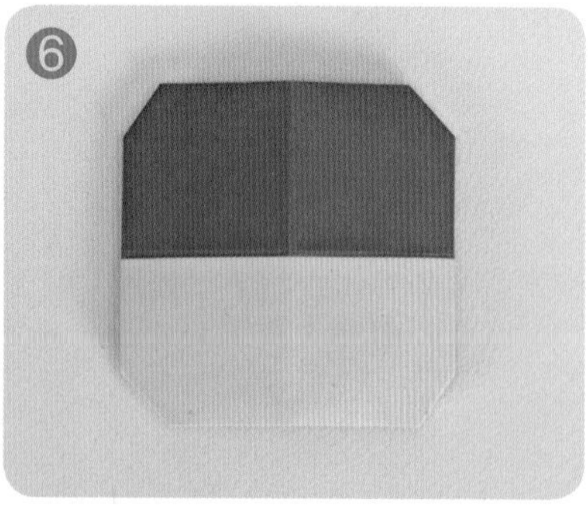

뒤집으면 얼굴 접기 완성!

확인할 내용	잘함	보통임	부족함
1. 이번 주 학습을 5일(월요일~금요일) 안에 끝마쳤나요?			
2. 친구 사이의 우정이란 무엇인지 잘 이해하였나요?			
3. 잘못했을 때에는 어떻게 해야 하는지 알 수 있나요?			
4. 친구의 얼굴 표정을 기분에 맞게 그릴 수 있나요?			

2 친구의 얼굴 표정은 기분에 따라 어떻게 바뀌나요? 친구의 얼굴 표정을 보기 와 같이 그려 보세요.

지루할 때

보기

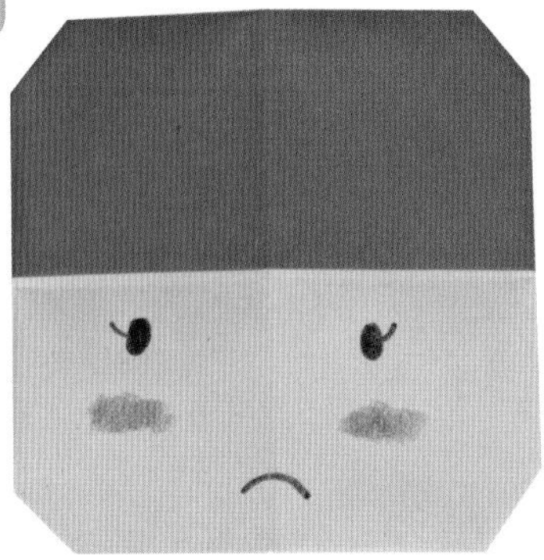

슬플 때

화날 때

기쁠 때

2주 5일 학습 끝!

붙임 딱지 붙여요.

전하는 말

3주

내 친구를 자랑합니다!

생각톡톡 이 사진 속에서 초록색 진딧물들을 지켜 주고 있는 검은색 곤충의 이름은 무엇인가요?

관련교과 **[통합교과 봄1]** 친구에 대하여 알기 / 친구와 사이좋게 지내기
[통합교과 여름2] 여름과 관련 있는 동식물 알기

3주

01 내 친구를 자랑합니다!

동물 나라가 *시끌벅적해요.

'내 친구 자랑 대회'가 열렸거든요.

"안녕하세요, 신사 숙녀 여러분!

저는 사회를 맡은 고양이 야미입니다.

지금부터 '내 친구 자랑 대회'를 시작하겠습니다.

친구와 서로 어떤 도움을 주고받는지 자랑해 보세요."

"와!"

* **시끌벅적하다**: 많은 사람들이 어수선하게 움직이며 시끄럽다.

언어 동물 나라처럼 '시끌벅적'한 모습에 ☆표 하세요.

사회 탐구 '내 친구 자랑 대회'는 서로 도움을 주고받는 친구를 자랑하는 자리예요. 아래 그림에서 서로 돕는 모습을 모두 찾아 ○표 하세요.

3주

01

"자! 그럼, 첫 번째 참가자*를 모셔 볼까요?"

'쿵쿵!'

야미의 말이 끝나기가 무섭게 땅이 울렸어요.

"으, 으악! 악어다!"

겁에 질린 야미는 바들바들 떨며 물었어요.

"악어님, 자랑할 친구는 어디 있나요?"

야미의 말에 악어가 입을 '쩍' 벌렸어요.

악어의 입속에는 작은 새가 한 마리 앉아 있었지요.

* **참가자**: 어떤 모임이나 단체 또는 일에 관련을 맺고 들어가는 사람.

과학 탐구 '악어'의 몸으로 알맞지 않은 것에 ✕표 하세요.

언어 악어를 본 야미처럼 '바들바들' 떠는 모습에 ○표 하세요.

논술 빈칸에 들어갈 알맞은 낱말을 보기 에서 찾아 써 보세요.

보기

쿵쿵 쿨쿨 펄펄 졸졸

악어가 걷자 땅이 □□ 울렸어요.

"꺅! 악어가 새를 잡아먹는다!"
겁에 질린 동물들이 비명*을 질렀어요.
"아, 아니에요. 악어는 제 친구예요.
저는 악어의 살갗이나 입속에 있는
벌레를 먹고 산다고요."

악어새가 부리*로 악어 이빨을
콕콕 쪼며 말했어요.
"아이, 시원해.
친구야, 내 입속을 청소해 줘서 고마워."

* **비명**: 일이 매우 위급하거나 몹시 두려움을 느낄 때 지르는 외마디 소리.
* **부리**: 새의 머리에 뾰족하게 튀어나온 코나 입 주위 부분.

과학 탐구 **악어새는 악어의 입속을 청소해 주어요. 악어새와 비슷한 일을 하는 물건을 찾아 ○표 하세요.**

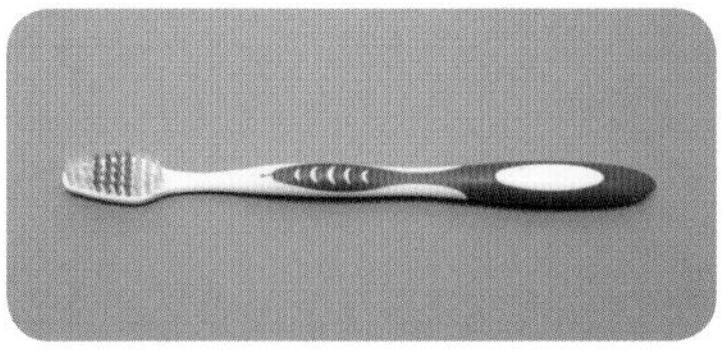

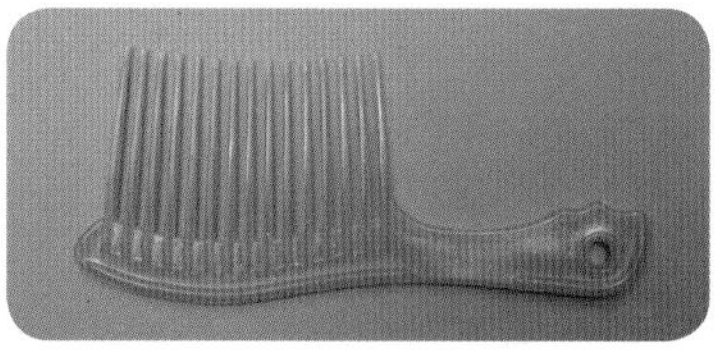

수리 탐구 **보기 를 읽고, 악어의 입속에 악어새가 몇 마리 남아 있는지 쓰세요.**

보기 악어의 입속에 처음에는 악어새가 5마리 있었어요. 그런데 2마리가 날아갔어요.

☐ 마리

3주 1일 학습 끝!

붙임 딱지 붙여요.

언어 **악어가 악어새에게 한 말로 바르지 <u>못한</u> 것에 ✕표 하세요.**

악어와 악어새가 다정하게 무대를 내려가고
두 번째 참가자의 순서가 되었어요.
"두 번째 참가자 나와 주세요."
"네, 저희 이미 나와 있어요."
"어, 나와 있다고요?"
야미가 돋보기를 들고 살펴보았어요.
"아, 이번 참가자는 개미와 진딧물*이군요.
동물 친구들에게 자기소개를 부탁드립니다."

※ **진딧물**: 풀이나 나무의 잎 또는 가지에 붙어서 진을 빨아 먹는 곤충.

수리 탐구 **개미와 진딧물의 크기에 대해 바르게 말한 것을 찾아 색칠하세요.**

과학 탐구 **아래 그림에서 '돋보기'가 필요한 사람을 찾아 ○표 하세요.**

예체능 **왼쪽 그림을 잘 보고, 오른쪽 그림에서 빠진 것을 찾아 그려 넣으세요.**

"안녕하세요? 나는 진딧물이라고 해요.
풀이나 나무에 붙어 진을 빨아 먹고 살지요.
개미는 정말 좋은 친구예요. 무서운 무당벌레로부터
나를 지켜 주거든요. 개미야, 고마워."
"친구를 지켜 주는 건 당연한 일인걸.
게다가 너도 나에게 맛있는 단물을 주잖아."
개미와 진딧물은 다정하게 손을 꼭 잡았어요.
"정말 사이좋은 친구들이네요."

※ **진**: 풀이나 나무의 껍질 따위에서 나오는 끈끈한 물질.
※ **단물**: 단맛이 나는 물.

과학 탐구 풀이나 나뭇잎 또는 나뭇가지에 붙어서 진을 빨아 먹고 사는 곤충을 찾아 ○표 하세요.

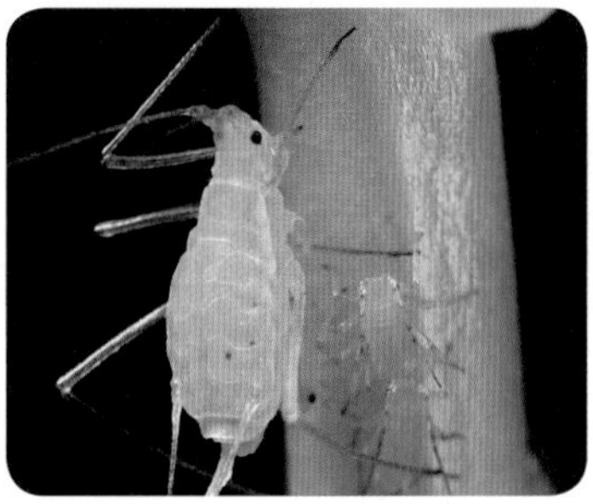
진딧물

무당벌레

과학 탐구 진딧물을 잡아먹는 곤충을 찾아 빨간색으로, 진딧물을 도와 주는 곤충을 찾아 검은색으로 각각 색칠하세요.

'출렁출렁~.'

무대 위로 물이 담긴 수족관이 올라왔어요.

"저희는 말미잘과 흰동가리입니다."

말미잘이 독이 있는 촉수*를 흔들며 인사하자

귀엽게 생긴 흰동가리도 인사를 했어요.

"안녕하세요. 두 분은 무엇을 자랑하러 나오셨나요?"

"잠깐만 기다려 보세요. 저희가 직접 보여 드릴게요."

* 촉수: 몸의 구조가 간단한 동물의 몸 앞부분이나 입 주위에 튀어나와 있는 것으로 감촉이나 맛 따위를 느낌.

언어 물이 흔들리는 소리나 모양을 흉내 내는 말을 찾아 색칠하세요.

쌩쌩 | 출렁출렁 | 펄럭펄럭

과학탐구 말미잘에 대한 설명으로 바른 것에는 ○표, 바르지 못한 것에는 ×표 하세요.

- 물속에 살아요. ☐
- 촉수가 있어요. ☐
- 독이 없어요. ☐

3주 2일 학습 끝!
붙임 딱지 붙여요.

예체능 왼쪽 사진을 잘 보고, 오른쪽 흰동가리를 비슷하게 색칠하세요.

'스윽~.'

물고기 하나가 흰동가리를 쫓기 시작했어요.

"으악, 흰동가리가 잡아먹히겠어."

그 순간 흰동가리가

말미잘의 촉수 속으로 쏙 숨었지요.

잠시 후, 흰동가리는 고개를 쭉 내밀며 말했어요.

"호호, 저는 말미잘에게 먹이를 끌어다 주고

말미잘은 이렇게 저를 *보호해 준답니다."

* **보호하다**: 위험하거나 어려운 일이 생기지 않도록 잘 보살펴 돌보다.

수리 탐구 **보기 를 잘 읽고, 흰동가리가 말미잘에게 먹이를 결국 몇 마리 끌어다 주었는지 쓰세요.**

보기 물고기 6마리가 흰동가리를 쫓아왔어요. 흰동가리가 말미잘 촉수 속으로 들어가자 4마리는 따라 들어가고 2마리는 집으로 돌아갔지요.

☐ 마리

논술 **여러분도 흰동가리와 말미잘처럼 친구와 서로 도움을 주고받은 적이 있나요? 있다면 보기 와 같이 말해 보세요.**

보기 나는 민정이에게 풀을 빌려주고, 민정이는 내게 색종이를 빌려주었어요.

"마지막 참가자는 소라게입니다.
소라게님, 친구를 소개해 주세요."
"헤헤, 제 친구는 여기에 있어요."
소라게는 뒤로 돌아 자신의 등을 보여 주었어요.
"이건 껍데기잖아요."
"네, 저는 *고둥이 남겨 놓은 껍데기를 집으로 사용한답니다.
그런데 미안하게도 저는 고둥에게 해 주는 것이 없네요."
"아쉽게도 소라게님은 도움을 받기만 하기 때문에
'내 친구 자랑 대회'에 나올 자격이 없습니다."

* 고둥: 소라, 총알고둥 따위처럼 대개 말려 있는 껍데기를 가지는 동물.

과학 탐구 **소라게에 대한 설명으로 바르지 못한 것을 찾아 ×표 하세요.**

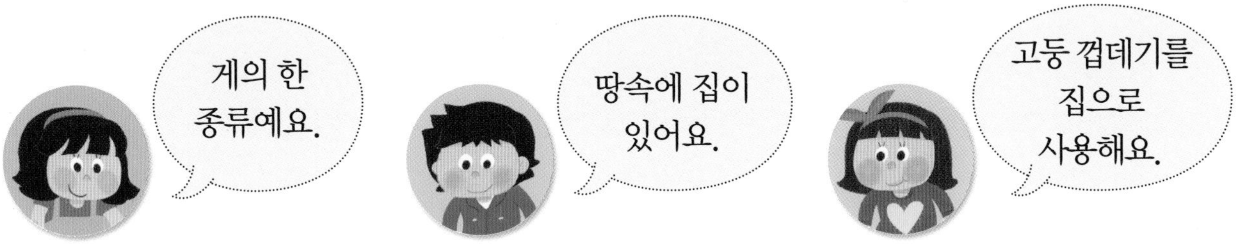

예체능 **여러분도 소라게처럼 집을 가지고 다닐 수 있다면, 어떤 집을 가지고 다니면 좋을지 그려 보세요.**

"이것으로 '내 친구 자랑 대회'를……."

"잠깐! 왜 나는 소개하지 않는 거예요?"

송이버섯이 *갓을 흔들며 무대 위로 올라왔어요.

"나는 소나무에 붙어서 소나무와 함께 살아요.

소나무가 만든 *양분을 먹으면서 말이지요."

"그건 친구에게 해로운 일이잖아요.

버섯님은 이 대회에 나올 수 없어요."

송이버섯은 부끄러워하며

무대에서 내려갔어요.

* 갓: 버섯의 둥근 윗부분.

* 양분: 영양이 되는 성분.

과학 탐구 **버섯의 특징을 바르게 말한 것을 찾아 색칠하세요.**

과학 탐구 **송이버섯은 누가 만든 양분을 먹고 사는지 찾아 ○표 하세요.**

소나무

대나무

논술 **송이버섯이 소나무에게 편지를 썼어요. 편지가 완성되도록 빈칸에 알맞은 인사말을 써넣으세요.**

3주 3일 학습 끝!
붙임 딱지 붙여요.

소나무에게
그동안 나 때문에 많이 힘들었지?

정말 ....
그리고 너의 양분을 나누어 주어서 늘 ....
앞으로는 나도 너에게 도움을 줄 수 있도록 노력해 볼게.

송이버섯이

대회에 나온 모든 참가자들이 무대 위로 올라왔어요.

“오늘의 우수상을 발표하겠습니다.”

사회자 야미가 대회의 *수상자를 말하려고 할 때였어요.

“아이고, 가려워.”

갑자기 야미가 온몸을 벅벅 긁기 시작했어요.

“왜 이렇게 가렵지?”

“키키, 그건 나 때문이지.”

야미의 옷 속에서 *벼룩 한 마리가 ‘톡’ 튀어나왔어요.

* **수상자**: 상을 받는 사람.
* **벼룩**: 사람이나 동물 몸에 붙어서 사는 작은 곤충.

언어 야미의 옷 속에서 튀어나온 동물을 찾아 색칠하세요.

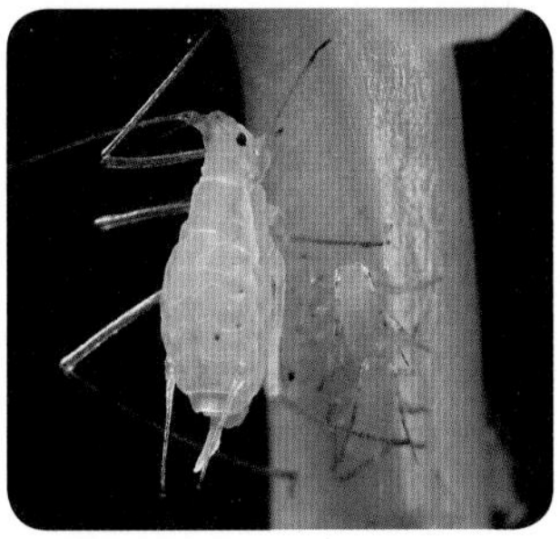

진딧물

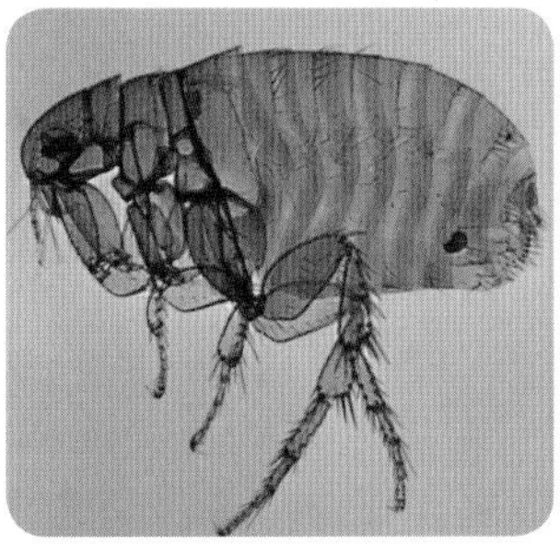

벼룩

언어 벼룩이 튀어나오는 모양을 흉내 내는 말을 찾아 ○표 하세요.

"넌 피를 빨아 먹는 벼룩이잖아!"

"반갑네, 친구! 나도 대회에 참가하러 왔지."

"안 돼. 넌 남에게 해만 끼치잖아."

"키키, 그런가?"

벼룩은 또다시 야미의 옷 속으로 폴짝 뛰어들었어요.

"으악, 안 돼!"

야미는 간지러워서 펄쩍펄쩍 뛰기 시작했어요.

과학 탐구

벼룩의 특징을 바르게 말한 것을 찾아 색칠하세요.

과학 탐구

벼룩처럼 사람에게 해를 끼치는 동물을 모두 찾아 ○표 하세요.

소

파리

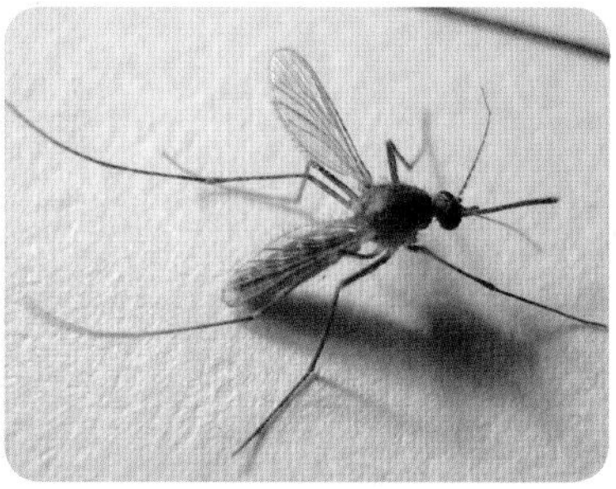

모기

논술

빈칸에 들어갈 알맞은 낱말을 보기 에서 찾아 써 보세요.

보기

해로운 상냥한 고마운 따뜻한

사람에게 벼룩은 □□□ 동물이에요.

그때 어디선가 벼룩이 떼*로 몰려와
대회장에 있던 동물들 옷 속으로 뛰어들었어요.
"으악, 간지러워!"
벼룩에 물린 동물들은 가려워서 온몸을 벅벅 긁었지요.
"여, 여러분! 진정하세요. 으, 간지러워.
이것으로 대회를 모두 마치겠습니다."

* 떼: 목적이나 행동을 같이하는 무리.

과학 탐구 **벼룩에 대한 설명으로 맞으면 ○표, 틀리면 ×표 하세요.**

- 몸집이 매우 작아요. [ ]
- 다른 동물을 도우며 살아요. [ ]

언어 **벼룩에 물린 동물들은 어떻게 되었나요? 바르게 말한 것을 찾아 색칠하세요.**

- 가려워서 온몸을 긁었어요.
- 벼룩과 친구가 되었어요.
- 야미에게 화를 냈어요.

3주 4일 학습 끝!
붙임 딱지 붙여요.

논술 **벼룩의 말에 야미는 어떻게 대답했을까요? 여러분이 야미가 되어 말해 보세요.**

3주 05

되돌아봐요

'내 친구를 자랑합니다!'를 잘 읽었나요? 서로 돕고 사는 생물끼리 선으로 묶으세요.

2 먼저 길을 찾아간 다음, 이 이야기에서 각 동물이 하는 일에 어울리는 직업을 찾아 색칠하세요.

악어새

건축가	치과 의사

개미

군인	건축가

소라게

건축가	치과 의사

사진에 알맞은 동물 이름을 찾아 줄로 이으세요.

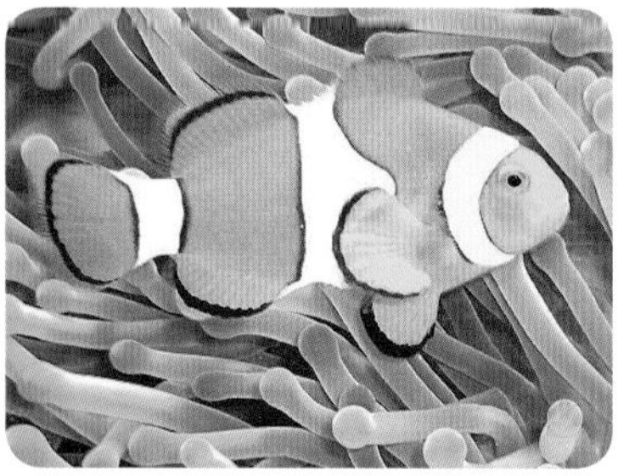

- 말미잘
- 진딧물
- 개미
- 악어
- 흰동가리

2 그림에 어울리는 낱말을 찾아 색칠하세요.

청소하다
소개하다

자랑하다
세수하다

인사하다
노래하다

내 친구를 칭찬합니다!

여러분은 친구의 어떤 점을 칭찬하고 싶나요? 보기 와 같이 친구에게 주는 상장을 만들고, 어떤 점을 칭찬하고 싶은지 말해 보세요.

보기

상장

으뜸 친절상　　　　　이름: 김민정

위 어린이는 친구들을 잘 도와주고 늘 친절하게 대하였기에 이 상장을 줌.

○○○○년 ○월 ○일

조보람 씀

내 친구 민정이는 누구에게나 친절해요. 내가 넘어졌을 때에도 일으켜 주었고, 먹을 것도 잘 나누어 주지요.

3주 학습 끝!

확인할 내용	잘함	보통임	부족함
1. 이번 주 학습을 5일(월요일~금요일) 안에 끝마쳤나요?			
2. '내 친구 자랑 대회'에 나온 생물의 특징을 잘 이해하였나요?			
3. 서로 돕고 사는 생물끼리 묶을 수 있나요?			
4. 내 친구를 자랑할 수 있나요?			

상장

__________________상　　　　　　이름: __________________

위 어린이는 ____

이 상장을 줌.

○○○○년 ○월 ○일

__________________ 씀

3주 5일
학습 끝!

붙임 딱지 붙여요.

전하는 말

4주

거꾸로 도깨비 나라

생각톡톡 '크다'의 반대말은 '작다'예요. '넓다'의 반대말은 무엇일까요?

관련교과

[국어 2-1] 낱말의 소리와 뜻을 생각하며 여러 가지 말놀이하기

[국어 3-2] 인상 깊은 경험으로 글쓰기 / 인물의 말과 행동 생각하며 읽기

4주

01 거꾸로 도깨비 나라

거꾸로 나라에

무엇이든 반대로 하는 도깨비들이 살았어요.

도깨비들은 늘 반대로 하기를 좋아했지요.

여기서 빠르게 뛰면 저기서 천천히 걷고,

저기서 하하 웃으면 여기서 앙앙 울었어요.

도깨비들은 '산토끼' 노래를 아주 이상하게 불렀지요.

끼토산 야끼토 를디어 냐느가

충깡충깡 서면뛰 를디어 냐느가

언어 서로 반대되는 행동을 한 도깨비끼리 줄로 이으세요.

뛰다

웃다

울다

걷다

논술 거꾸로 나라 도깨비들은 노래도 거꾸로 불러요. '학교 종'이란 노래도 보기 와 같이 거꾸로 불러 보세요.

보기 산토끼/토끼야/어디를/가느냐/깡충깡충/뛰면서/어디를/가느냐
➔ 끼토산/야끼토/를디어/냐느가/충깡충깡/서면뛰/를디어/냐느가

학교 종이/땡땡땡/어서/모이자/선생님이/우리를/기다리신다

➔ 이종교학/땡땡땡/서어/자이모/ ______

______

거꾸로 나라 임금님은 걱정이 이만저만이 아니었어요.
"백성들이 서로 믿지 못하니 큰일이구나.
이웃 나라가 쳐들어오기 전에 준비를 해야 하는데,
세금을 적게 걷어도 많이 낸다고 하고
월급을 많이 주어도 적게 준다고 믿으니……."
임금님의 말에 신하 도깨비들은 콧방귀*만 뀌었어요.
"칫! 큰일은 무슨 큰일, 아주 작은 일이지.
우리 나라에 무슨 일이 일어난다고……."

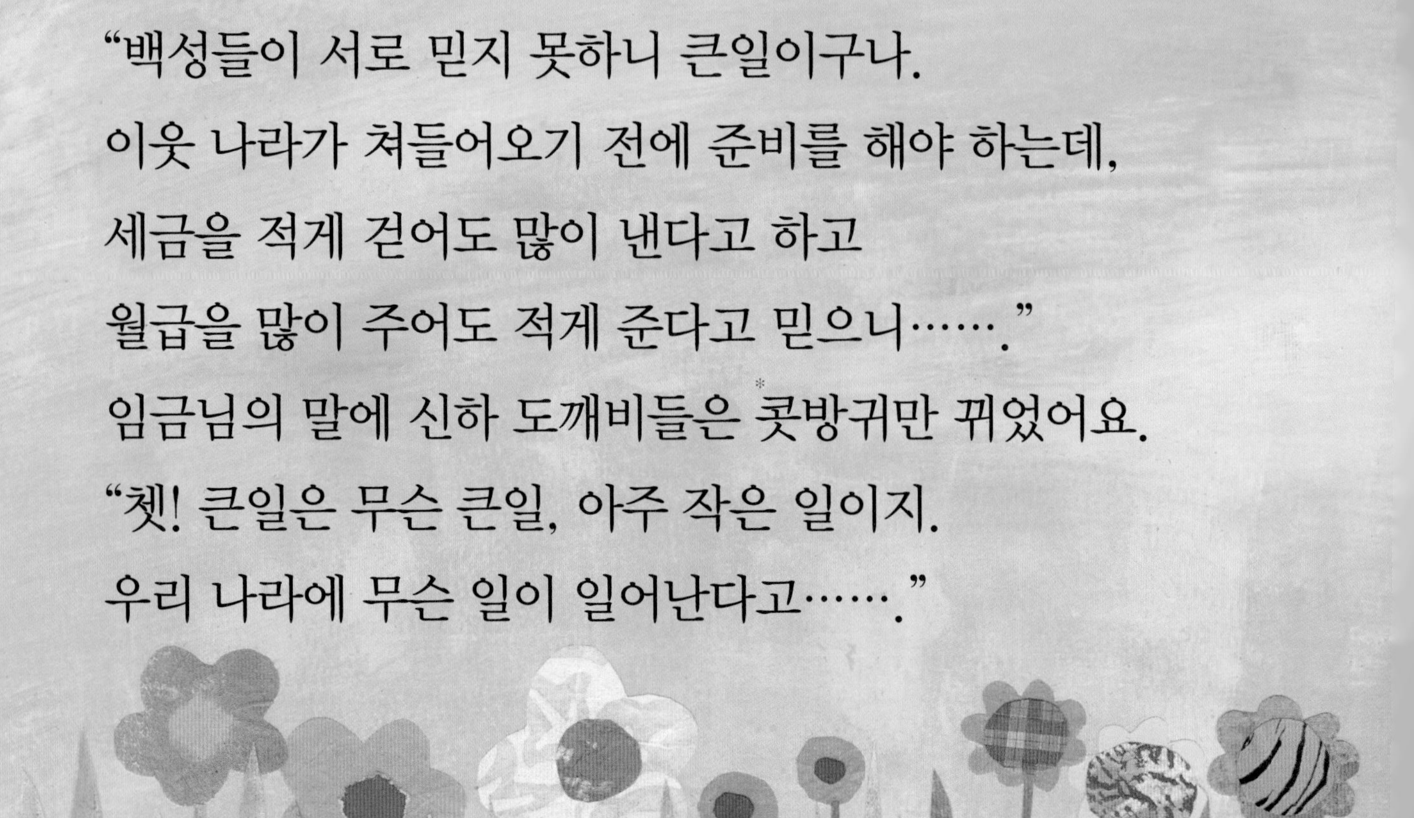

* **콧방귀를 뀌다**: 아니꼽거나 못마땅하여 남의 말을 들은 체 만 체 말대꾸를 하지 않다.

언어 거꾸로 나라 임금님과 백성들은 서로 생각이 달라요. 어떻게 다른지 (　　) 안에서 알맞은 낱말을 찾아 ○표 하세요.

세금을
(적게, 많이)
걷어요.

↔

세금을
(적게, 많이)
내요.

월급을
(적게, 많이)
주어요.

↔

월급을
(적게, 많이)
받아요.

논술 우리말에는 뜻이 서로 반대되는 말들이 많아요. 그림을 잘 보고 알맞은 반대말을 보기 에서 찾아 써 보세요.

보기　작다　많다　높다　길다

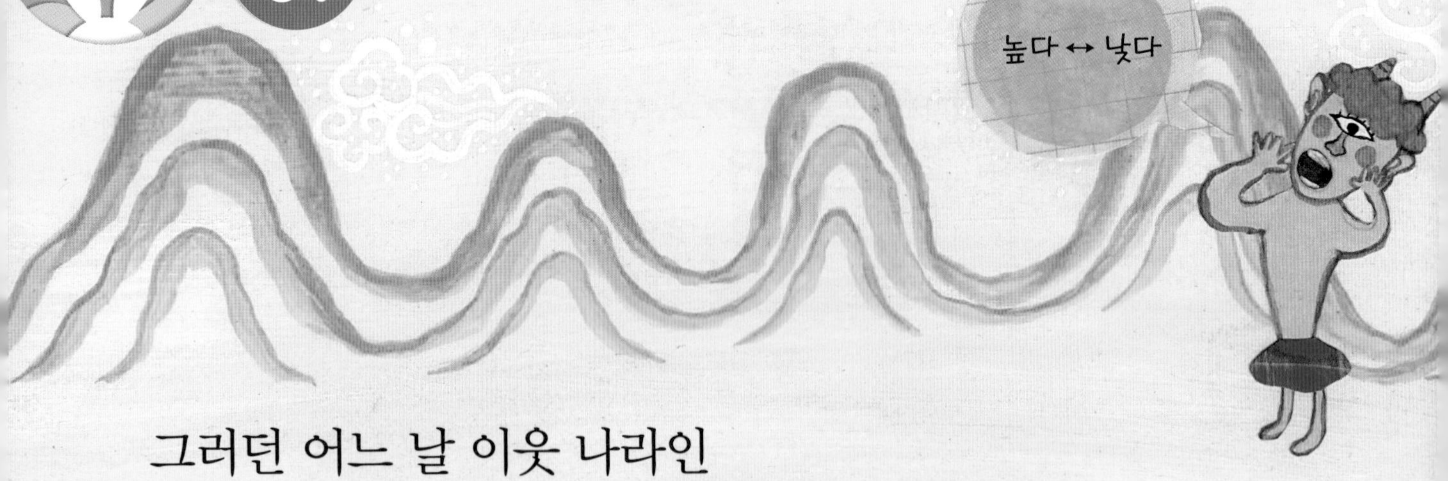

그러던 어느 날 이웃 나라인
제대로 나라 도깨비들이 쳐들어와 소리쳤어요.
"전쟁이 일어났으니, 높은 산으로 도망치세요."
이 말에 거꾸로 나라 도깨비들은 낮은 평지로 도망쳤어요.
제대로 나라 도깨비들이 깔깔깔 웃으며 다시 소리쳤어요.
"강물이 깊으니 건너지 마세요."
강가에 있던 도깨비들은
강물이 얕은 줄 알고 건너다가 풍덩 빠졌어요.

언어 **낱말에 어울리는 사진을 찾아 줄로 이으세요.**

높다 ● 깊다 ●

● 
산

● 
평지

● 
시내

● 
강

논술 **보기 와 같이 말 잇기 놀이를 하려고 해요. 빈칸에 들어갈 알맞은 낱말은 무엇일지 생각나는 대로 써 보세요.**

보기
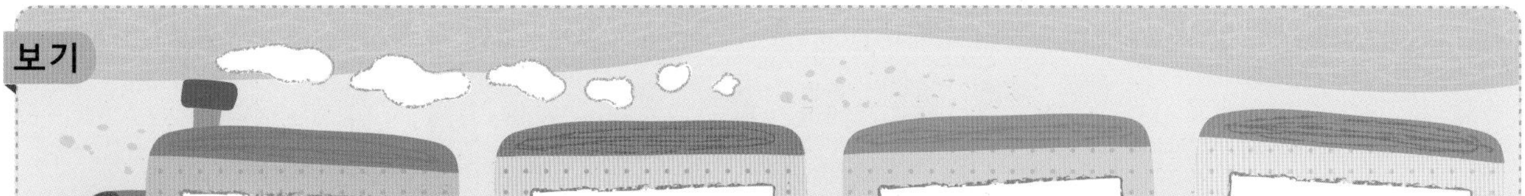

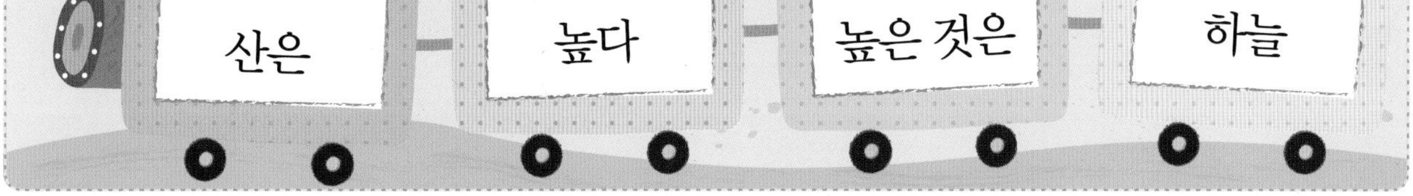

4주 1일 학습 끝!
붙임 딱지 붙여요.

제대로 나라 도깨비들은 군사들이 있는 성으로 갔어요.
"전쟁이 일어났으니, 군복을 입으세요."
거꾸로 나라 도깨비들은 입고 있던 옷을 훌러덩 벗고는
추위에 덜덜덜 떨었어요.
"하하하, 재미있다."
제대로 나라 도깨비들은 또 소리쳤어요.
"무기*는 성안에 두세요."
거꾸로 나라 도깨비들은 무기를 성 밖으로 버렸어요.

* **무기**: 전쟁할 때 쓰이는 물건.

언어 제대로 나라 도깨비들의 말을 듣고, 거꾸로 나라 도깨비들은 어떻게 했는지 그림에서 찾아 ○표 하세요.

논술 거꾸로 나라 도깨비들은 무엇이든지 반대로 해요. 여러분도 어른들 말에 반대로 한 적이 있나요? 있다면 보기 와 같이 말해 보세요.

보기 단것을 먹지 말라고 했는데 사탕을 몰래 사 먹었어요.

거꾸로 나라 임금님과 신하들은 한자리에 모였어요.
임금님은 걱정이 한가득인데,
신하들은 시끄럽게 떠들기만 했어요.
"이 나라를 지킬 방법을 말해 보아라."
그제서야 신하들은 조용해졌지요.
그때 젊은 신하 하나가 나서며 말했어요.
"임금님, 제대로 나라 도깨비들은
하나는 알고 둘은 모릅니다."

언어 서로 뜻이 반대되는 낱말끼리 줄로 이으세요.

조용하다 • • 모르다

알다 • • 시끄럽다

수리 탐구 숫자로 하나는 '1', 둘은 '2'라고 써요. 하나만 있어도 되는 것에는 '1', 두 개가 짝을 이루어야 하는 것에는 '2'라고 쓰세요.

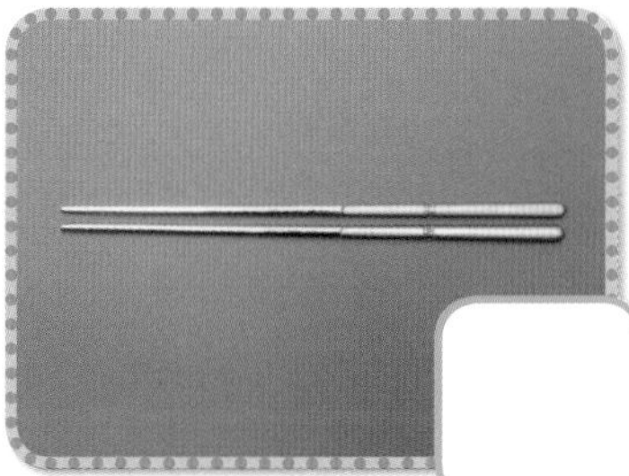
젓가락

숟가락

포크

논술 제대로 나라 도깨비들은 하나는 알고 둘은 모른다고 했어요. 여러분이 잘 아는 것과 잘 모르는 것을 각각 써 보세요.

잘 아는 것	잘 모르는 것
보기 숫자	보기 글자

젊은 신하는 임금님에게 자신의 생각을 말했지요.
'음, 나쁜 생각 같지는 않은데…….
어떻게 하지? 다른 방법은 없을까?'
임금님은 이럴까 저럴까 망설였어요.*
그러는 사이 제대로 나라에서 성을 또 공격해 왔어요.
결국 임금님은 젊은 신하의 말을 따르기로 마음먹었지요.

* **망설이다**: 이리저리 생각만 하고 마음을 정하지 못하다.

언어 '슬프다'와 '좋다'의 반대말을 각각 찾아 ◯표 하세요.

슬프다	↔	기쁘다	아프다	밉다
좋다	↔	착하다	싫다	예쁘다

언어 임금님의 행동과 관계있는 낱말을 찾아 색칠하세요.

망설이다

마음먹다

망설이다

마음먹다

논술 여러분도 이럴까 저럴까 망설일 때가 있나요? 있다면 언제 자주 그러는지 보기 와 같이 말해 보세요.

보기 중국 음식점에서 짜장면을 먹을까, 짬뽕을 먹을까 망설이곤 해요.

4주 2일 학습 끝!

붙임 딱지 붙여요

거꾸로 나라 임금님은 성안의 백성들에게 소리쳤어요.
"백성들이여, 돌을 줍지 말고 성 아래로 *흩어져라!"
이 소리에 거꾸로 나라 도깨비들은
돌을 주워서 성 위로 하나둘 모여들었지요.
텅 비어 있던 성 위가 금세 돌로 가득 찼어요.
제대로 나라 도깨비들은 이 모습을 보며 말했어요.
"돌로 밥을 지어 먹을 모양이지! 하하하."
제대로 나라 도깨비들은 정말 하나는 알고 둘은 몰랐어요.

* **흩어지다:** 한데 모였던 것이 따로따로 떨어지거나 여기저기로 퍼지다.

언어 제대로 나라 도깨비들이라면 임금님의 말을 듣고 어떻게 했을까요? 알맞은 것을 찾아 줄로 이으세요.

- 돌을 주워요.
- 돌을 줍지 않아요.
- 성 아래로 흩어져요.
- 성 위로 모여들어요.

예체능 보기 에서 설명하는 대로 그림을 색칠하세요.

보기
· 햄버거: 위의 빵은 빨간색, 아래의 빵은 노란색으로 색칠하세요.
· 컵: 물이 가득 차 보이도록 빈 컵을 파란색으로 색칠하세요.

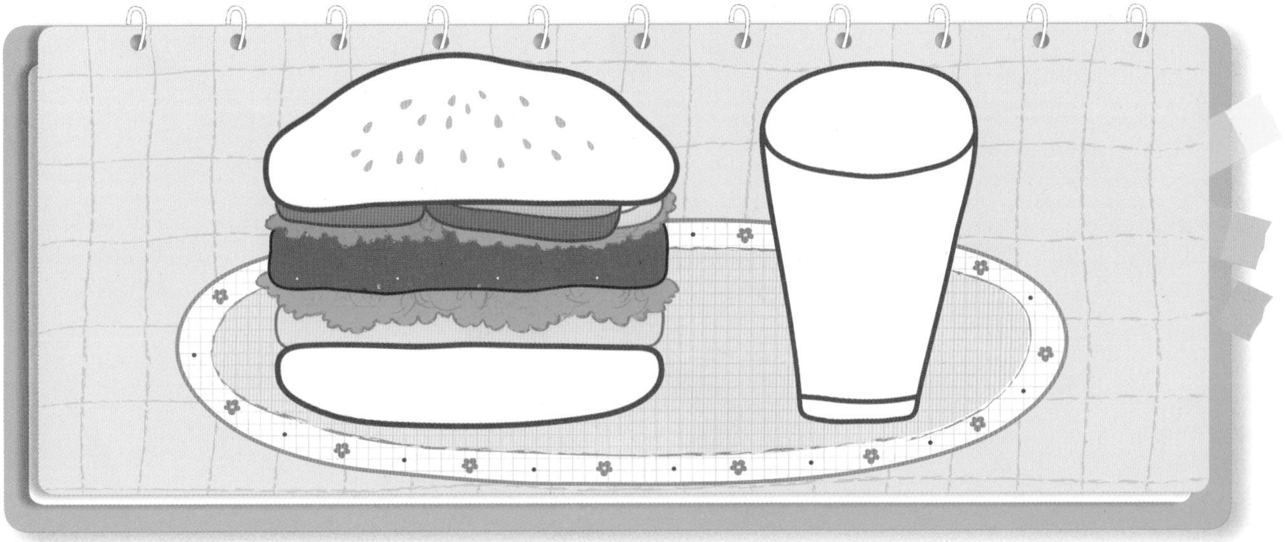

거꾸로 나라 임금님은 목소리를 더욱 높였어요.
“돌을 차갑게 얼려서 제자리에 두어라!”
거꾸로 나라 도깨비들은 뜨겁게 달군 돌을
성 밖으로 휙휙 던지기 시작했어요.
“앗, 뜨거워! 이건 뭐야?”
제대로 나라 도깨비들은 하늘에서 뜨거운 돌이 날아오자
깜짝 놀라 ※허둥지둥 도망쳤어요.
거꾸로 나라 도깨비들은 기뻐서 소리를 질렀지요.

※ **허둥지둥**: 정신을 차릴 수 없을 만큼 갈팡질팡하며 다급하게 서두르는 모양.

언어 **거꾸로 나라 도깨비들이 성 밖으로 날린 것을 찾아 ○표 하세요.**

뜨거운 돌

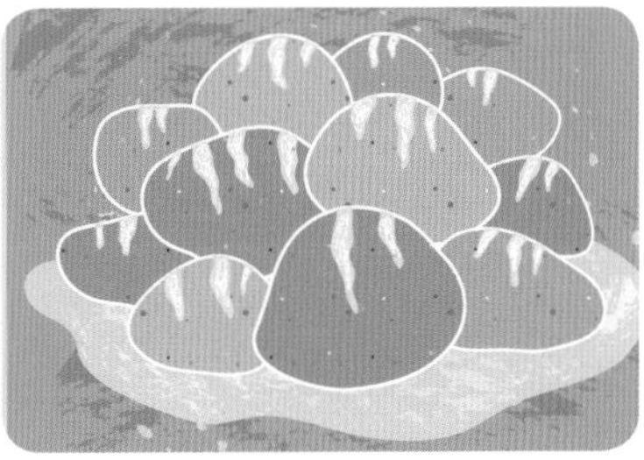

차가운 돌

과학 탐구 **뜨거운 것들은 빨간 선으로, 차가운 것들은 파란 선으로 묶어 주세요.**

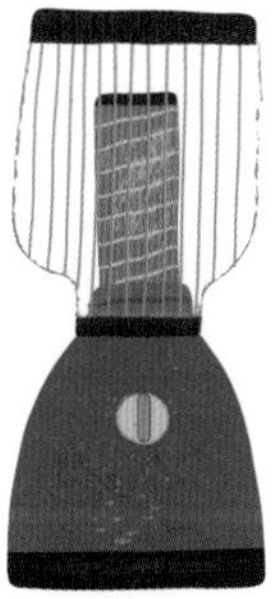

난로

모닥불

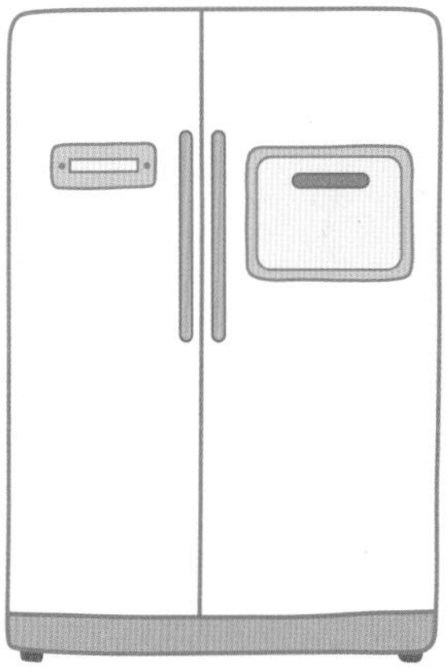

냉장고 안

아이스크림

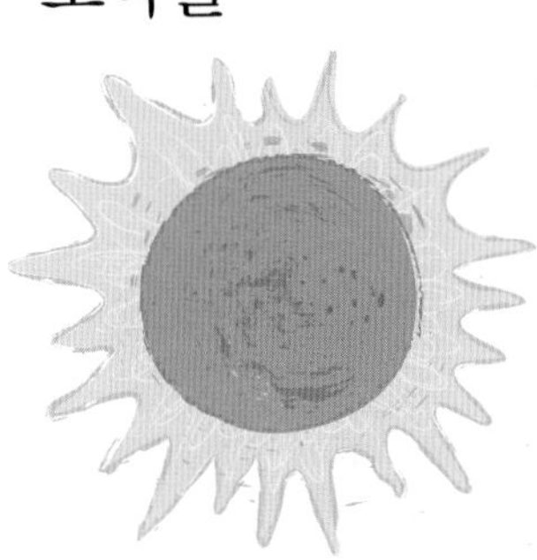

태양

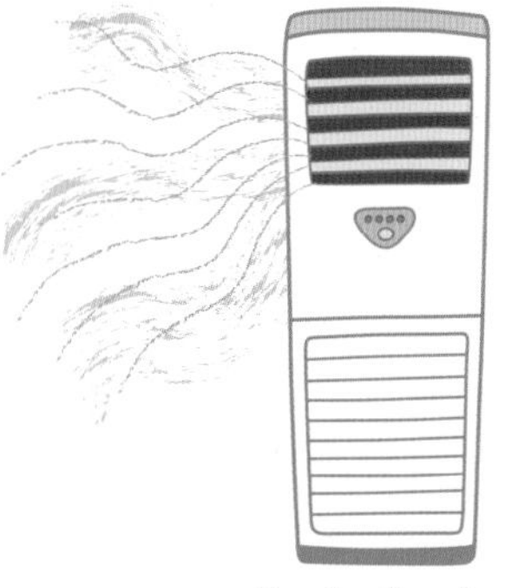

에어컨 바람

얼음

제대로 나라 도깨비들은 다른 방법을 생각해 냈어요.
"거꾸로 나라 도깨비들을 속여
*헌 물건을 새것으로 바꾸어 옵시다."
제대로 나라 도깨비들은 얼마 후 시장으로 갔어요.
"헌 총 삽니다. 헌 총을 가져오면 새 총을 주지요."
"헌 옷 삽니다. 헌 옷을 가져오면 새 옷을 주지요."
이렇게 이야기하면 거꾸로 나라 도깨비들이
새 총과 새 옷을 팔러 나올 줄 알았던 거예요.

* 헌: 오래되어 성하지 아니하고 낡은.

언어 제대로 나라 도깨비들은 거꾸로 나라 도깨비들을 속여 무엇을 얻으려고 했나요? 알맞은 것을 모두 찾아 색칠하세요.

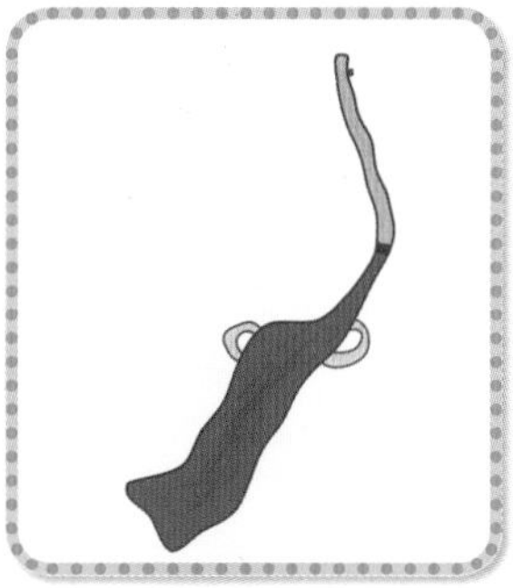

헌 옷　　새 옷　　헌 총　　새 총

사회 탐구 물건을 사고파는 시장의 모습으로 알맞은 것에 ○표 하세요.

논술 친구가 모래집을 지으며 노래를 부르고 있어요. 빈칸에 들어갈 알맞은 낱말은 무엇인지 이 글에서 찾아 써 보세요.

두껍아 두껍아!
☐ 집 줄게, ☐ 집 다오.

4주 3일 학습 끝!
붙임 딱지 붙여요.

그런데 이게 웬일인가요?
거꾸로 나라 도깨비들이 왼쪽, 오른쪽에서
진짜로 헌 옷과 헌 총을 팔러 몰려든 거예요.
"어, 이게 어떻게 된 일이지?"
제대로 나라 도깨비들은 어쩔 수 없이
새 옷과 새 총을 넘겨주었어요.
대신 헌 옷과 헌 총을 든 채
터벅터벅 자기 나라로 돌아갔지요.

언어 제대로 나라로 가려면 어느 쪽으로 가야 하나요? '왼쪽'인지, '오른쪽'인지 알맞은 것에 ○표 하세요.

수리탐구 보기 의 설명을 잘 보고, 제대로 나라 임금님을 찾아 옷에 색칠하세요.

보기 임금님은 왼쪽에서 네 번째, 오른쪽에서 다섯 번째에 있어요.

논술 거꾸로 나라 도깨비들을 속이려고 한 제대로 나라 도깨비들에게 하고 싶은 말을 해 보세요.

"만세, 제대로 나라를 물리쳤다!"
거꾸로 나라 도깨비들은 믿음의 소중함을 깨달았어요.
거꾸로 나라 임금님은 백성들에게 힘주어 말했지요.
"우리가 서로 믿지 못하면
별 볼 일 없는 약한 나라가 되지만
서로 믿고 힘을 합하면
누구도 넘볼 수 없는 강한 나라가 될 것이다."
거꾸로 나라 도깨비들은 이 말에 용기를 얻어서
힘이 *불끈 솟았어요.

* **불끈**: 물체 따위가 두드러지게 치밀거나 솟아오르거나 떠오르는 모양.

언어 거꾸로 나라 임금님은 어떻게 해야 강한 나라가 될 수 있다고 생각했나요? 알맞은 것을 찾아 색칠하세요.

과학 탐구 약해서 깨지기 쉬운 것들을 붙임 딱지에서 두 가지 찾아 ? 에 붙이세요.

?	?

논술 거꾸로 나라 임금님의 말처럼 힘이 불끈 솟게 하는 말에는 또 무엇이 있을까요? 보기 와 같이 말해 보세요.

보기 넌 할 수 있어!

....

이제 거꾸로 나라는

더 이상 거꾸로 나라가 아니에요.

친구가 넘어지면 일으켜 주고

좋은 일이 생기면 다 함께 기뻐해 주었어요.

산토끼 토끼야 어디를 가느냐

깡충깡충 뛰면서 어디를 가느냐

노랫소리도 제대로 울려 퍼졌지요.

그리고 제대로 나라와도 친하게 지냈답니다.

언어 달라진 거꾸로 나라에서 볼 수 없는 모습에 ✕표 하세요.

친구가 넘어지면
일으켜 주어요.

노래를 제대로 불러요.

좋은 일이 생기면
다 함께 기뻐해 주어요.

친구가 울면
웃어 주어요.

논술 거꾸로 나라는 이제 더 이상 반대로 하는 나라가 아니에요. 거꾸로 나라에 새로운 이름을 붙여 주세요.

4주 4일 학습 끝!
붙임 딱지 붙여요.

4주 05

되돌아봐요

'거꾸로 도깨비 나라'를 잘 읽었나요? 무엇이든 반대로 하는 거꾸로 나라 도깨비들은 임금님의 말을 듣고 어떻게 했는지 찾아 ○표 하세요.

돌을 줍지 않았어요.

돌을 주웠어요.

성 위로 모였어요.

성 아래로 흩어졌어요.

돌을 뜨겁게 달구었어요.

돌을 차갑게 얼렸어요.

2 일이 일어난 순서대로 ☐ 안에 번호를 쓰세요.

무엇이든 반대로 하는 거꾸로 나라가 있었어요.

거꾸로 나라 도깨비들은 더 이상 제대로 나라 도깨비들 말에 반대로 하지 않았어요.

어느 날 제대로 나라 도깨비들이 쳐들어왔어요.

임금님은 거꾸로 나라 도깨비들에게 반대로 명령을 내렸어요.

젊은 신하가 임금님께 좋은 생각을 말했어요.

거꾸로 나라는 서로 믿고 도우며 살게 되었어요.

낱말 쏙쏙

그림을 보고 뜻이 반대인 낱말을 보기 에서 찾아 쓰세요.

보기 작다 낮다 적다 울다

높다 ↔ ☐☐

크다 ↔ ☐☐

많다 ↔ ☐☐

2 주어진 낱말과 뜻이 서로 반대인 낱말은 무엇인지 사다리를 타고 내려가서 확인해 보세요.

거꾸로 돌려 보세요

그림을 바로 볼 때와 위아래를 거꾸로 볼 때가 어떻게 다른지 보기 와 같이 쓰세요.

보기

선장

요리사

왕

추장

확인할 내용	잘함	보통임	부족함
1. 이번 주 학습을 5일(월요일~금요일) 안에 끝마쳤나요?			
2. 거꾸로 나라의 특징을 잘 이해하였나요?			
3. 뜻이 반대인 낱말을 잘 찾을 수 있나요?			
4. 그림을 거꾸로 돌려 보고 무엇인지 말할 수 있나요?			

전하는 말

4주 5일
학습 끝!

붙임 딱지 붙여요.

P단계 3권 정답 및 해설

1주 하얀 토끼, 까만 토끼

1주 11쪽 생각 톡톡

1주 13쪽

1주 15쪽

1주 17쪽

1주 19쪽

1주 21쪽

1주 23쪽

1주 25쪽

1주 27쪽

1주 29쪽

1주 31쪽

1주 33쪽

1주 35쪽

1주 36~37쪽 되돌아봐요

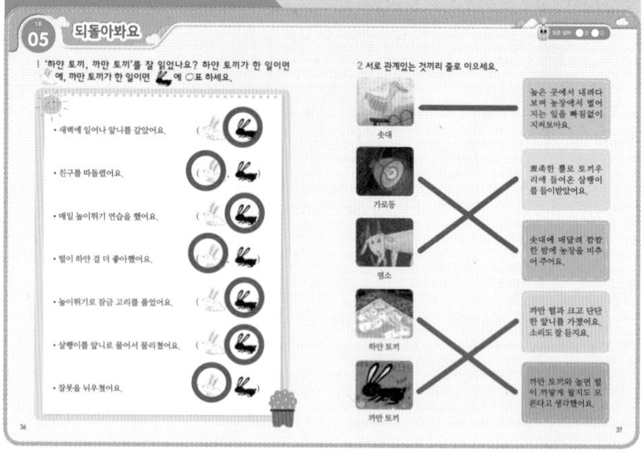

1주 38~39쪽 낱말 쏙쏙

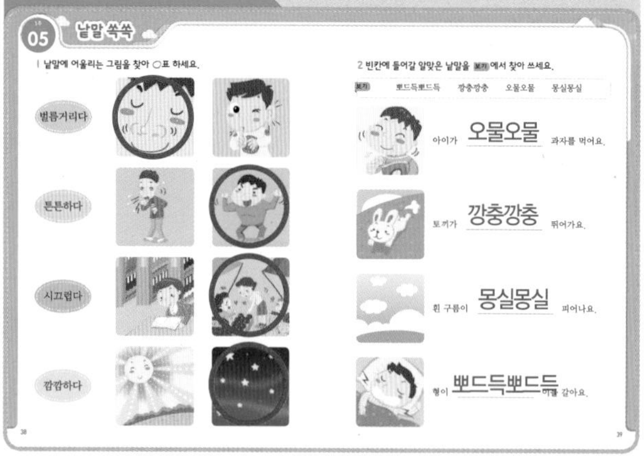

1주 40~41쪽 내가 할래요

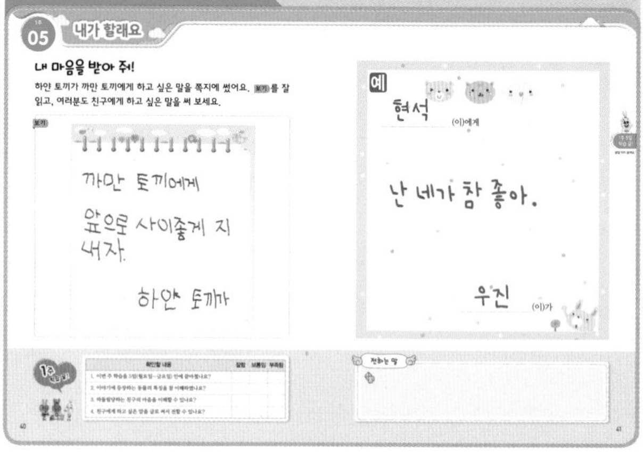

2주 오성과 한음

2주 43쪽 생각 톡톡

2주 45쪽

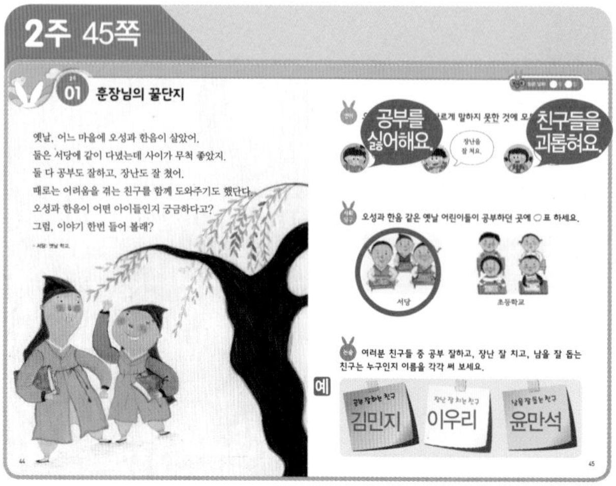

2주 47쪽

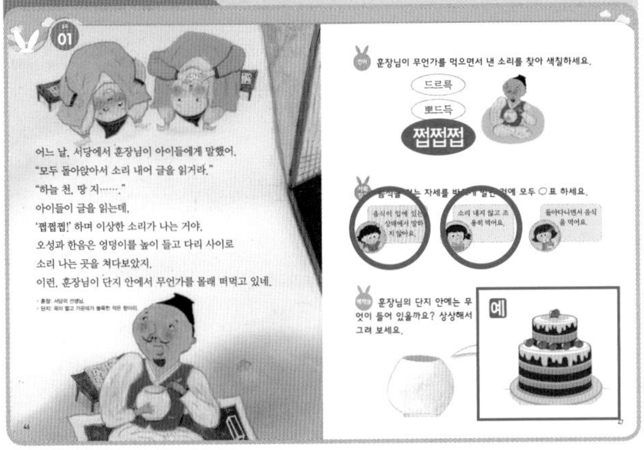

2주 49쪽

2주 51쪽

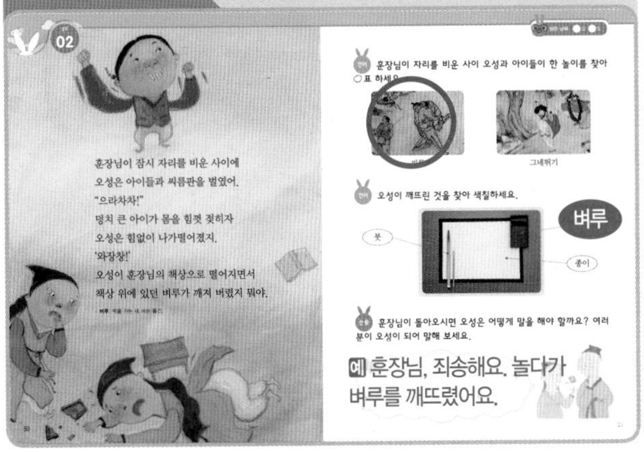

2주 53쪽

2주 55쪽

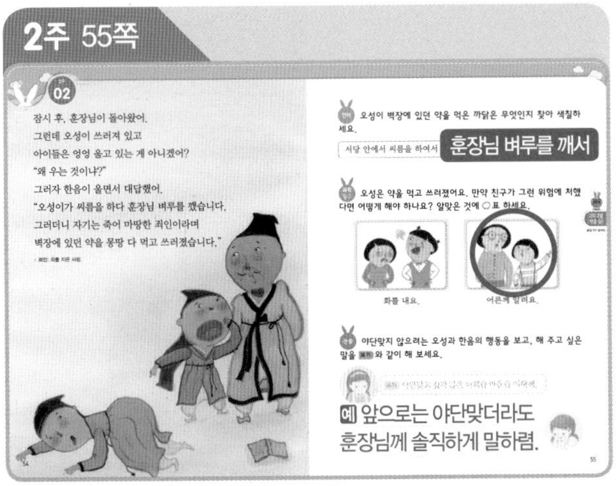

2주 57쪽

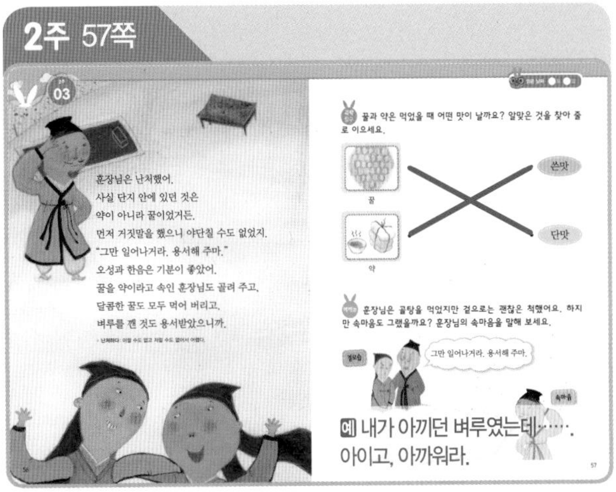

2주 59쪽

2주 61쪽

2주 63쪽

2주 65쪽

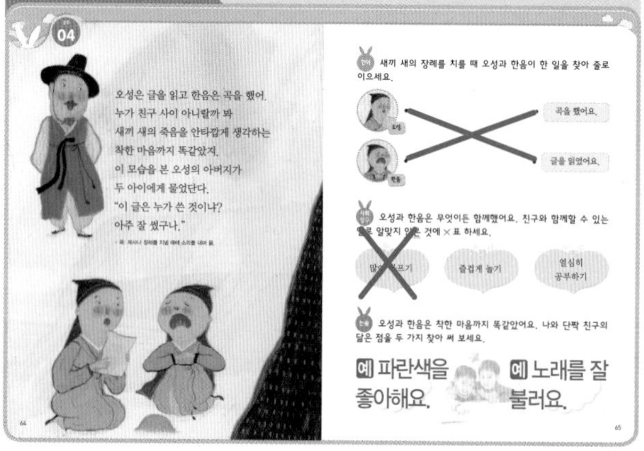

2주 67쪽

2주 68~69쪽 되돌아봐요

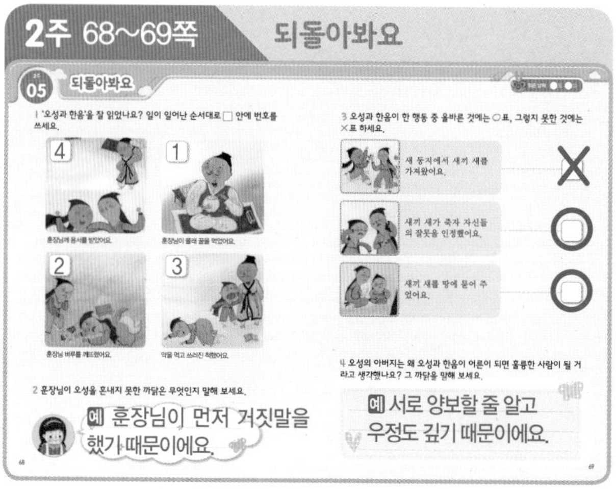

2주 70~71쪽 낱말 쏙쏙

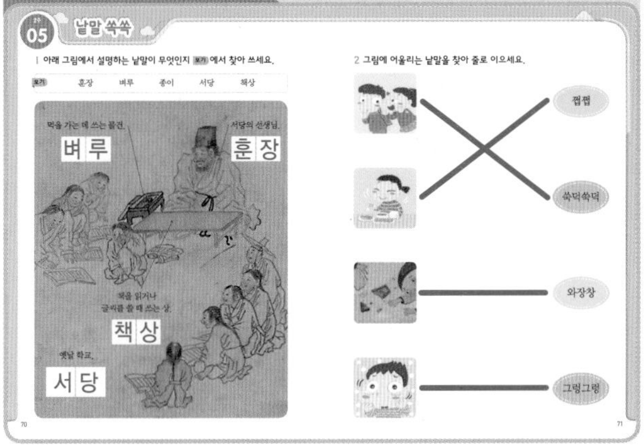
05 낱말 쏙쏙

1 아래 그림에서 설명하는 낱말이 무엇인지 보기 에서 찾아 쓰세요.

보기 훈장 벼루 종이 서당 책상

먹을 가는 데 쓰는 물건. 벼루

서당의 선생님. 훈장

책을 읽거나 글씨를 쓸 때 쓰는 상. 책상

옛날 학교. 서당

2 그림에 어울리는 낱말을 찾아 줄로 이으세요.

쩝쩝

쑥덕쑥덕

와장창

그렁그렁

2주 72~73쪽 내가 할래요

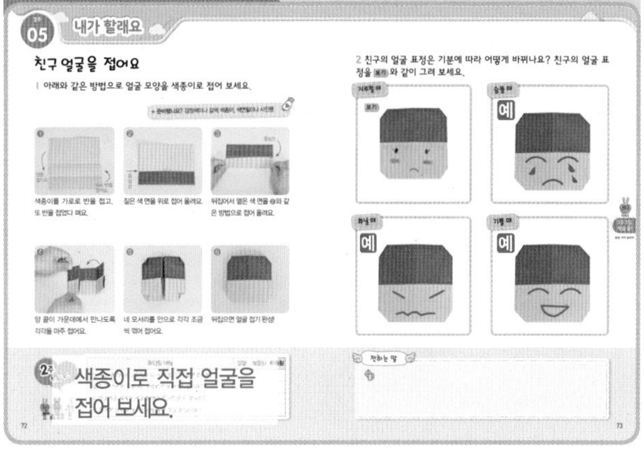
05 내가 할래요

친구 얼굴을 접어요

1 아래와 같은 방법으로 얼굴 모양을 색종이로 접어 보세요.

2 친구의 얼굴 표정은 기분에 따라 어떻게 바뀌나요? 친구의 얼굴 표정을 보기 와 같이 그려 보세요.

보기

예

예

예

색종이로 직접 얼굴을 접어 보세요.

3주 내 친구를 자랑합니다!

3주 75쪽 생각 톡톡

3주 내 친구를 자랑합니다!

개미

3주 77쪽

01 내 친구를 자랑합니다!

동물 나라가 시끌벅적해요.

'내 친구 자랑 대회'가 열렸거든요.

"안녕하세요, 신사 숙녀 여러분!

저는 사회를 맡은 고양이 야미입니다.

지금부터 '내 친구 자랑 대회'를 시작하겠습니다.

친구와 서로 어떤 도움을 주고받는지 자랑해 보세요."

"와!"

동물 나라처럼 '시끌벅적'한 모습에 ☆표 하세요.

'내 친구 자랑 대회'는 서로 도움을 주고받는 친구를 자랑하는 자리예요. 아래 그림에서 서로 돕는 모습을 모두 찾아 ○표 하세요.

3주 79쪽

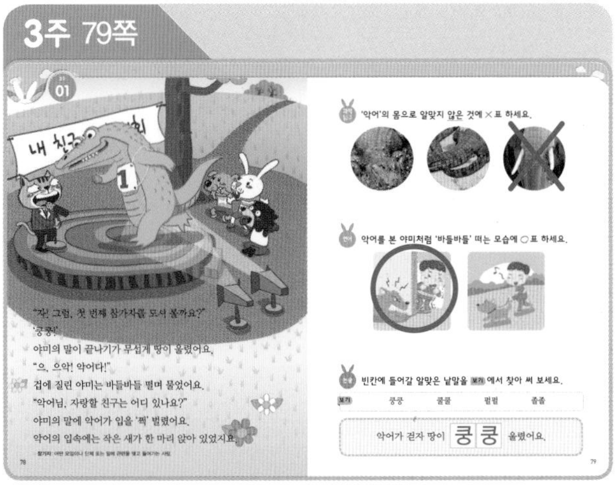
01

"자! 그럼, 첫 번째 참가자를 모셔 볼까요?"

'쿵쿵'

야미의 말이 끝나기가 무섭게 땅이 울렸어요.

"으, 으악! 악어다!"

겁에 질린 야미는 바들바들 떨며 물었어요.

"악어님, 자랑할 친구는 어디 있나요?"

야미의 말에 악어가 입을 '쩍' 벌렸어요.

악어의 입속에는 작은 새가 한 마리 앉아 있었지요.

'악어'의 몸으로 알맞지 않은 것에 ×표 하세요.

악어를 본 야미처럼 '바들바들' 떠는 모습에 ○표 하세요.

빈칸에 들어갈 알맞은 낱말을 보기 에서 찾아 써 보세요.

보기 쿵쿵 콸콸 펄펄 줄줄

악어가 걷자 땅이 쿵쿵 울렸어요.

3주 81쪽

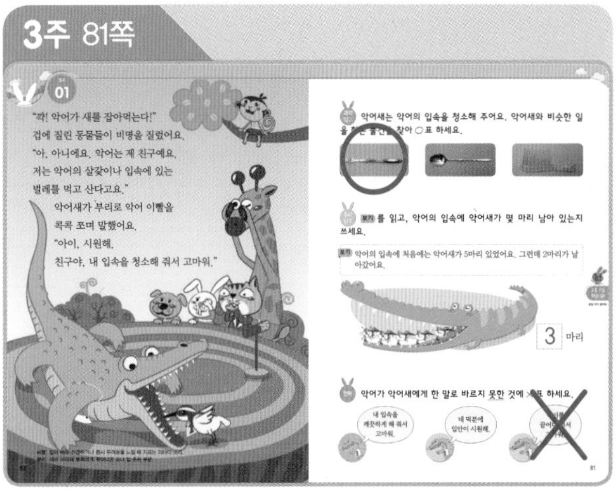
01

"짠! 악어가 새를 잡아먹는다!"

겁에 질린 동물들이 비명을 질렀어요.

"아, 아니에요. 악어는 제 친구예요.

저는 악어의 살갗이나 입속에 있는

벌레를 먹고 산다고요."

악어새가 부리로 악어 이빨을

콕콕 쪼며 말했어요.

"아이, 시원해.

친구야, 내 입속을 청소해 줘서 고마워."

악어새는 악어의 입속을 청소해 주어요. 악어새와 비슷한 일을 하는 물건을 찾아 ○표 하세요.

보기 를 읽고, 악어의 입속에 악어새가 몇 마리 남아 있는지 쓰세요.

보기 악어의 입속에 처음에는 악어새가 5마리 있었어요. 그런데 2마리가 날아갔어요.

3 마리

악어가 악어새에게 한 말로 바르지 못한 것에 ×표 하세요.

3주 83쪽

3주 85쪽

3주 87쪽

3주 89쪽

3주 91쪽

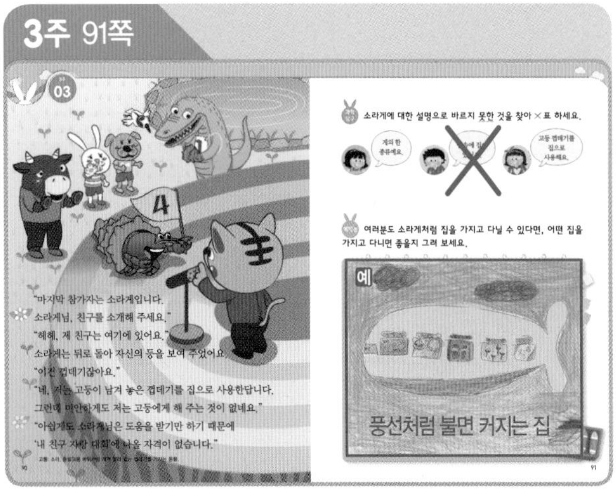

3주 93쪽

3주 95쪽

3주 97쪽

3주 99쪽

3주 100~101쪽 되돌아봐요

3주 102~103쪽 낱말 쏙쏙

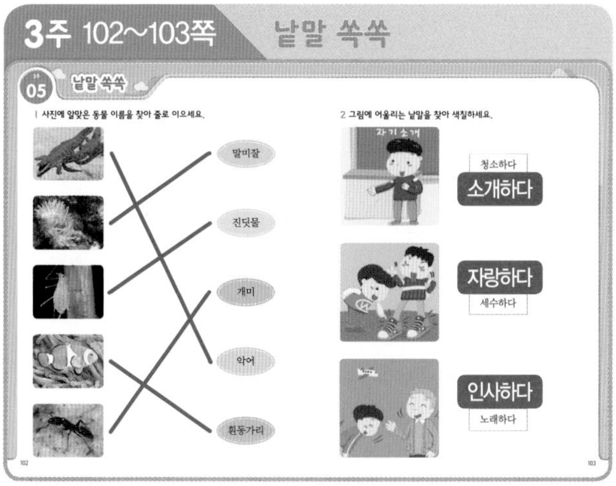

3주 104~105쪽 내가 할래요

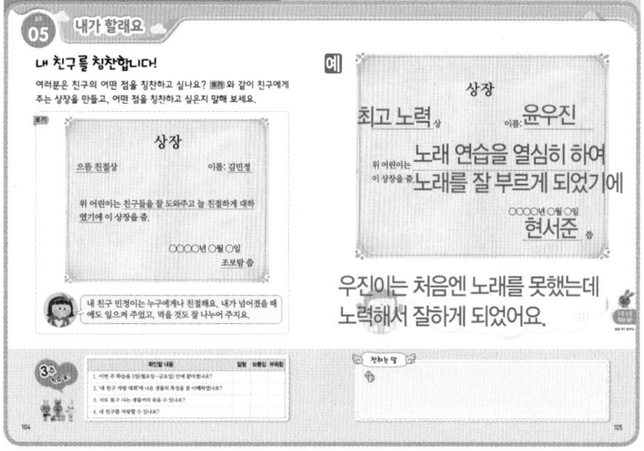

4주 거꾸로 도깨비 나라

4주 107쪽 생각 톡톡

4주 109쪽

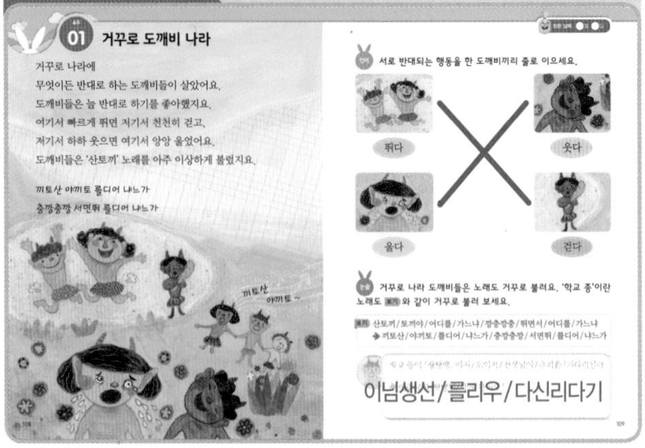

4주 111쪽

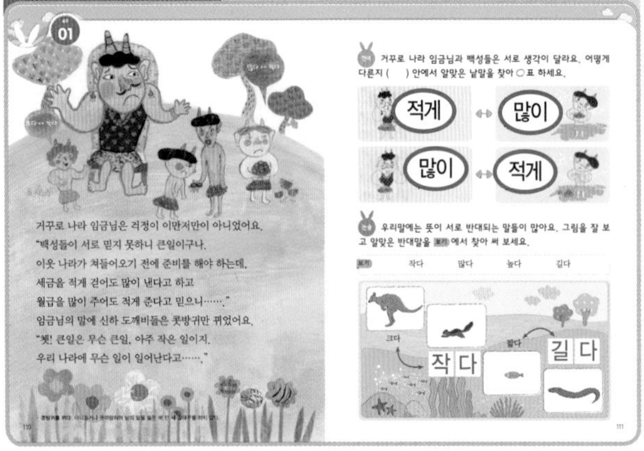

4주 113쪽

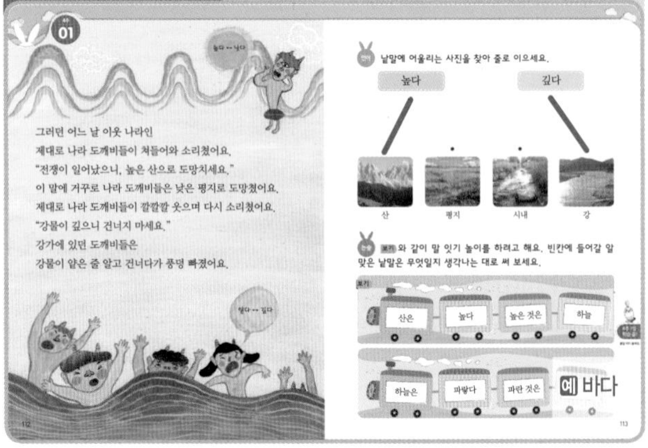

4주 115쪽

4주 117쪽

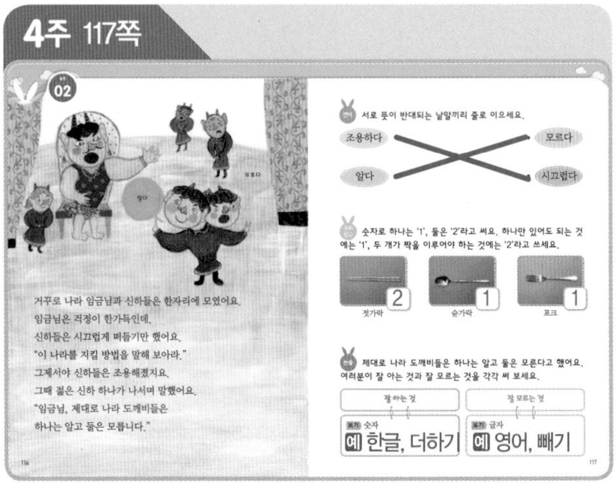

4주 119쪽

젊은 신하는 임금님에게 자신의 생각을 말했지요.
'음, 나쁜 생각 같지는 않은데……'
어떻게 하지? 다른 방법은 없을까?'
임금님은 이럴까 저럴까 망설였어요.
그러는 사이 제대로 나라에서 성을 또 공격해 왔어요.
결국 임금님은 젊은 신하의 말을 따르기로 마음먹었지요.

'슬프다'와 '좋다'의 반대말을 각각 찾아 ○표 하세요.

슬프다	↔	기쁘다	아프다	밉다
좋다	↔	착하다	싫다	예쁘다

임금님의 행동과 관계있는 낱말을 찾아 색칠하세요.
망설이다
마음먹다

여러분도 이럴까 저럴까 망설일 때가 있나요? 있다면 언제 자주 그러는지 보기 와 같이 말해 보세요.
보기 중국 음식점에서 짜장면을 먹을까, 짬뽕을 먹을까 망설이곤 해요.

예 도서관에서 그림책을 읽을까, 만화책을 읽을까 망설이곤 해요.

4주 121쪽

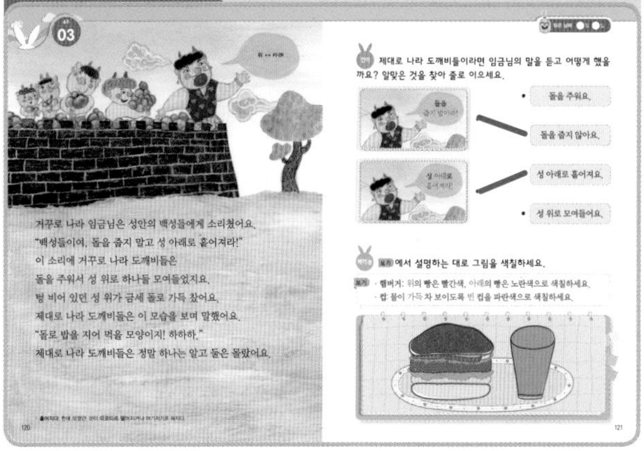
거꾸로 나라 임금님은 성안의 백성들에게 소리쳤어요.
"백성들이여, 돌을 줍지 말고 성 아래로 흩어져라!"
이 소리에 거꾸로 나라 도깨비들은
돌을 주워서 성 위로 하나둘 모여들었지요.
텅 비어 있던 성 위가 금세 돌로 가득 찼어요.
제대로 나라 도깨비들은 이 모습을 보며 말했어요.
"돌로 밥을 지어 먹을 모양이지! 하하하."
제대로 나라 도깨비들은 정말 하나는 알고 둘은 몰랐어요.

제대로 나라 도깨비들이라면 임금님의 말을 듣고 어떻게 했을까요? 알맞은 것을 찾아 줄로 이으세요.
돌을 주워요.
돌을 줍지 않아요.
성 아래로 흩어져요.
성 위로 모여들어요.

보기 에서 설명하는 대로 그림을 색칠하세요.

4주 123쪽

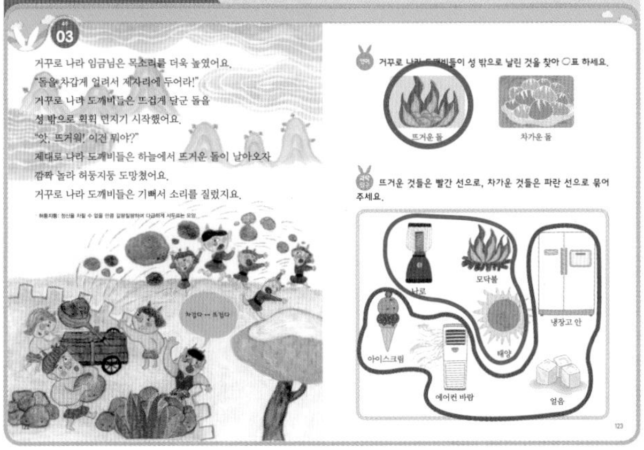
거꾸로 나라 임금님은 목소리를 더욱 높였어요.
"돌을 차갑게 얼려서 제자리에 두어라!"
거꾸로 나라 도깨비들은 뜨겁게 달군 돌을
성 밖으로 휙휙 던지기 시작했어요.
"앗, 뜨거워! 이건 뭐야?"
제대로 나라 도깨비들은 하늘에서 뜨거운 돌이 날아오자
깜짝 놀라 허둥지둥 도망쳤어요.
거꾸로 나라 도깨비들은 기뻐서 소리를 질렀지요.

거꾸로 나라 도깨비들이 성 밖으로 날린 것을 찾아 ○표 하세요.
뜨거운 돌 / 차가운 돌

뜨거운 것들은 빨간 선으로, 차가운 것들은 파란 선으로 묶어 주세요.

4주 125쪽

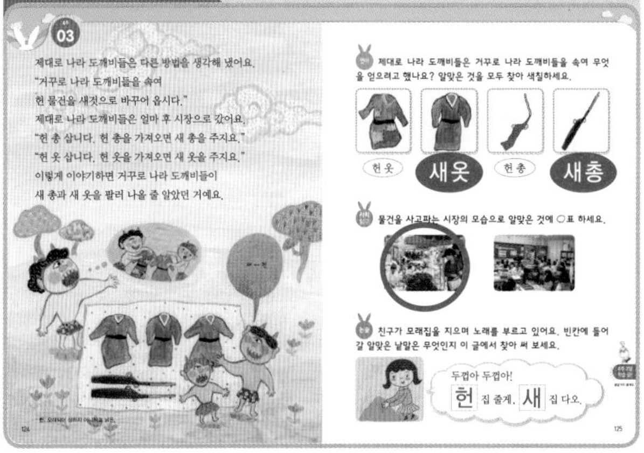
제대로 나라 도깨비들은 다른 방법을 생각해 냈어요.
"거꾸로 나라 도깨비들을 속여
헌 물건을 새것으로 바꾸어 옵시다."
제대로 나라 도깨비들은 얼마 후 시장으로 갔어요.
"헌 총 삽니다. 헌 총을 가져오면 새 총을 주지요."
"헌 옷 삽니다. 헌 옷을 가져오면 새 옷을 주지요."
이렇게 이야기하면 거꾸로 나라 도깨비들이
새 총과 새 옷을 팔러 나올 줄 알았던 거예요.

제대로 나라 도깨비들은 거꾸로 나라 도깨비들을 속여 무엇을 얻으려고 했나요? 알맞은 것을 모두 찾아 색칠하세요.
헌 옷 / 새옷 / 헌 총 / 새총

물건을 사고파는 시장의 모습으로 알맞은 것에 ○표 하세요.

친구가 모래집을 지으며 노래를 부르고 있어요. 빈칸에 들어갈 알맞은 낱말은 무엇인지 이 글에서 찾아 써 보세요.
두껍아 두껍아!
헌 집 줄게, 새 집 다오.

4주 127쪽

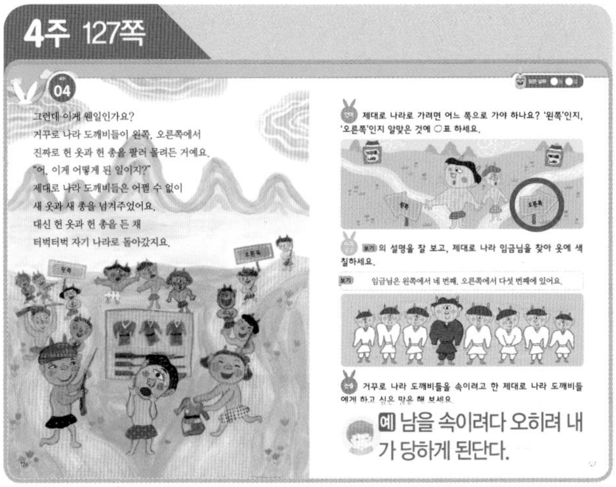
그런데 이게 웬일인가요?
거꾸로 나라 도깨비들이 왼쪽, 오른쪽에서
진짜로 헌 옷과 헌 총을 팔러 몰려든 거예요.
"어, 이게 어떻게 된 일이지?"
제대로 나라 도깨비들은 어쩔 수 없이
새 옷과 새 총을 넘겨주었어요.
대신 헌 옷과 헌 총을 든 채
터벅터벅 자기 나라로 돌아갔지요.

제대로 나라로 가려면 어느 쪽으로 가야 하나요? '왼쪽'인지, '오른쪽'인지 알맞은 것에 ○표 하세요.

보기 의 설명을 잘 보고, 제대로 나라 임금님을 찾아 옷에 색칠하세요.
보기 임금님은 왼쪽에서 네 번째, 오른쪽에서 다섯 번째에 있어요.

거꾸로 나라 도깨비들을 속이려고 한 제대로 나라 도깨비들에게 하고 싶은 말을 해 보세요.

예 남을 속이려다 오히려 내가 당하게 된단다.

4주 129쪽

"만세, 제대로 나라를 물리쳤다!"
거꾸로 나라 도깨비들은 믿음의 소중함을 깨달았어요.
거꾸로 나라 임금님은 백성들에게 힘주어 말했지요.
"우리가 서로 믿지 못하면
별 볼 일 없는 약한 나라가 되지만
서로 믿고 힘을 합하면
누구도 넘볼 수 없는 강한 나라가 될 것이다."
거꾸로 나라 도깨비들은 이 말에 용기를 얻어서
힘이 불끈 솟았어요.

거꾸로 나라 임금님은 어떻게 해야 강한 나라가 될 수 있다고 생각했나요? 알맞은 것을 찾아 색칠하세요.
누구도 믿으면 안 돼요.
서로 믿어야 해요.

약해서 깨지기 쉬운 것들을 붙임 딱지에서 두 가지 찾아 ?에 붙이세요.

거꾸로 나라 임금님의 말처럼 힘이 불끈 솟게 하는 말에는 또 무엇이 있을까요? 보기 와 같이 말해 보세요.

예 네가 최고야, 너를 믿는단다. 등

4주 131쪽

4주 132~133쪽 되돌아봐요

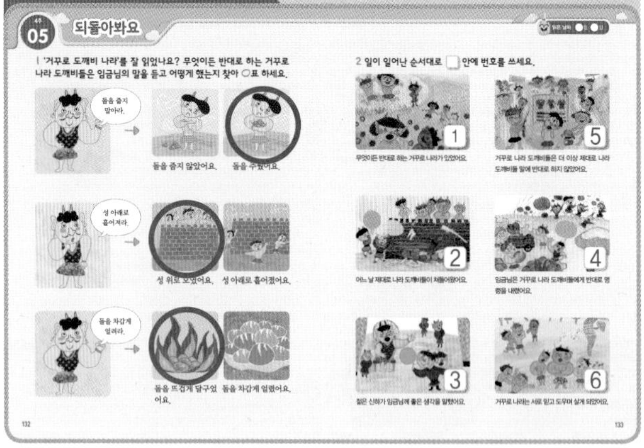

4주 134~135쪽 낱말 쏙쏙

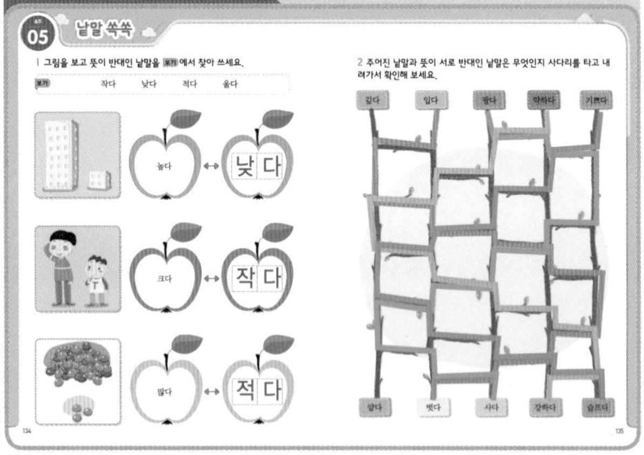

4주 136~137쪽 내가 할래요

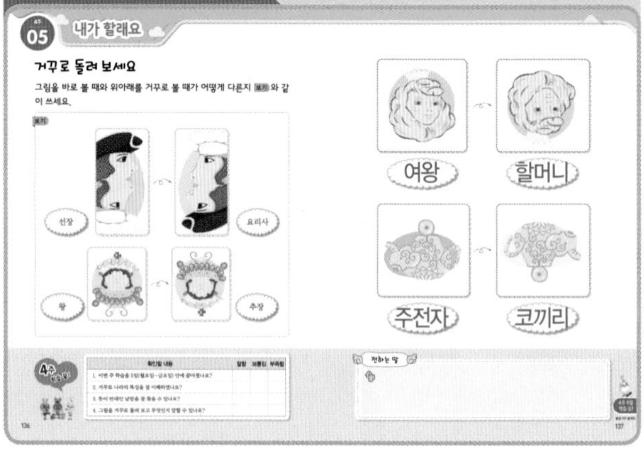

★ 하루 학습량(3장)이 끝나는 쪽에 다음 붙임 딱지를 ❶~❸과 같은 방법으로 붙이세요.

1주 1일 학습 끝!	1주 2일 학습 끝!	1주 3일 학습 끝!	1주 4일 학습 끝!	1주 5일 학습 끝!
2주 1일 학습 끝!	2주 2일 학습 끝!	2주 3일 학습 끝!	2주 4일 학습 끝!	2주 5일 학습 끝!
3주 1일 학습 끝!	3주 2일 학습 끝!	3주 3일 학습 끝!	3주 4일 학습 끝!	3주 5일 학습 끝!
4주 1일 학습 끝!	4주 2일 학습 끝!	4주 3일 학습 끝!	4주 4일 학습 끝!	4주 5일 학습 끝!

❶ 붙임 딱지의 왼쪽 끝을 책의 붙임 딱지 붙이는 자리에 잘 맞추어 붙이세요.
❷ 붙이고 남은 부분은 점선을 따라 접어 뒤로 붙이세요.
❸ 붙임 딱지를 붙인 모습이에요.

★ 해당 쪽에 붙임 딱지를 붙이세요.

P3 1주 · 27

P3 2주 · 49

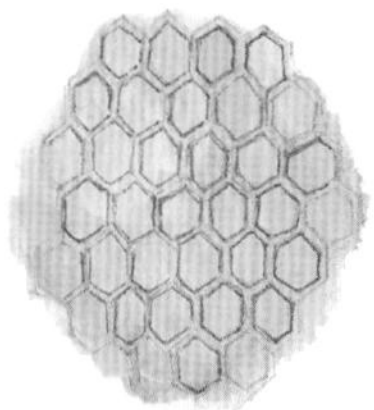
꿀

술

약

P3 4주 · 129

돌

유리

쇠

알

P3 1주 · 19

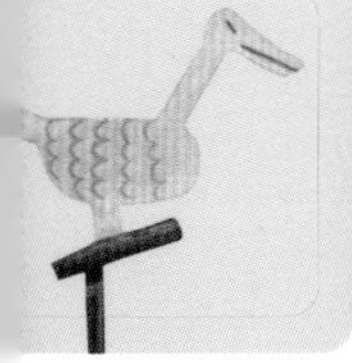
솟대

까만 토끼

P3 1주 · 33

까만 토끼

하얀 토끼

염소

P3 2주 · 59

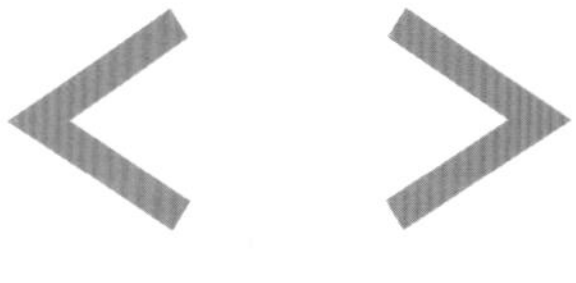